나는 될 놈이다

10 글쓰는기계 게임 판타지 장편소설

WISHBOOKS GAME FANTASY STORY

CONTENTS

CHAPTER 1

〈왕자를 찾아가라-오스턴 왕국 내전〉

오스턴 왕국의 1왕자와 2왕자는 각자 뛰어난 능력과 재능을 갖고 있는 거물들이다. 선대 왕이 서거한 이후 둘은 각자의 세력을 이끌고 치열하게 경쟁해 왔다.

도적들이 출몰해도, 오크들이 쳐들어와도 그들은 나서지 않았지만, 그들은 여전히 이 왕국을 지배할 수 있는 이들이다. 그런 둘에게 오스턴 왕국에 새로 나타난 종교는 주목할 수밖에 없는 대상이다.

왕자들을 찾아가 그들의 세력에 합류해라. 이 내전을 끝낸다면 크나큰 보상을 받으리라.

보상: ?, ???

오스턴 왕국 내전 퀘스트!

다른 플레이어들은 밑바닥에서 어떻게든 왕자들과의 인맥을 쌓으려고 노력하고 있었지만, 태현은 그냥 왕자를 만나러 가라고 퀘스트가 떴다.

귀족 작위와 교단 최고 권력자 자리를 가진 덕분!

'이건 지금은 못 하겠군.'

다른 플레이어라면 혹해서 바로 찾아갔을 퀘스트의 시작이었지만, 태현은 상황을 냉정하게 파악하고 있었다. 지금 오크 군대를 상대해야 하는 상황에서 왕자들 퀘스트까지 추가할 수는 없었던 것이다. 추가한다 하더라도 이번 오크 대공세가 끝나고 해야 했다.

"안녕하십니까, 스미스입니다."

"반갑습니다!"

"우와, 진짜 스미스야? 우리 길마 진짜 인맥 좋네."

"실물이 더 잘생긴 것 같아."

캉탄 요새에서는 〈검은 바위단〉 길드원들이 스미스를 보고 감탄하고 있었다.

그들도 대부분 고렙 이상 랭커 이하의 플레이어들이었지만,

그래도 스미스는 그 격이 달랐다.

같은 플레이어로서 동경의 대상!

"그런데 무슨 일로 부르신 겁니까? 역시 오크들 때문입니까?"

"아, 아니요. 오크들은 우리끼리 처리할 수 있죠. 여기같이 작은 요새는 그냥 입구만 틀어막아도 충분히 지킬 수 있거든요. 스미스 님을 부른 건 지하 던전 때문입니다."

"지하 던전?"

"예. 여기 요새 지하에는 던전이 있습니다."

그랬다. 〈검은 바위단〉 길드가 스미스를 부른 건 오크들을 상대하기 위해서가 아니었다.

오스턴 왕국에서 돌아다니는 오크 정도는 그들로도 충분히 막을 수 있었던 것이다.

스미스를 부른 건 캉탄 요새 지하에 있는 던전 때문!

검은 바위단이 오스턴 왕국에 온 것도 실은 이 던전 때문이었다. 원래라면 요새에 들어갈 수도 없었지만, 오크들의 대공세가 생각지도 못한 기회를 만들어주었다.

요새 점령은 어디까지나 덤. 검은 바위단은 다른 시각으로 이번 대륙 퀘스트를 보고 있었다.

―꼭 영지를 얻어야 할 필요는 없다. 지금 괜히 무리해 봤자 역효과가 날 수도 있고, 우리 길드는 그렇게 규모가 크지도 않으니까.

차라리 이제까지 못 깼던 퀘스트들을 깨는 거다.

검은 바위단의 길마는 꽤나 현명한 사람이었다. 구성욱은 고개를 길마를 떠올리며 고개를 끄덕였다.

'우리 길마지만 참 대단하단 말이야.'

검은 바위단이 태현한테 낯익었던 이유는 하나!

바로 타이럼 시에서 구성욱이 태현을 끌어들이려고 했을 때 말했던 길드 이름이었기 때문이었다. 그때 태현의 위치와 지금 태현의 위치는 전혀 달랐지만⋯⋯.

"그런데⋯⋯ 스미스 님은 괜찮으시겠습니까?"

"무슨 소립니까?"

"그, 기사 직업은 좁은 곳에서는 활약하기 힘들잖습니까."

"그런 걸 걱정하셨습니까?"

스미스는 귀공자 같은 미소를 지으며 친절하게 대답했다.

"괜찮습니다. 좁아도 충분히 싸울 수 있습니다."

그리고 스미스의 말은 사실이었다.

콰콰콰콰쾅!

-침입자는 허락할 수 없다!

-돌아가라, 침입자!

[고대 제국의 전사들이 일어납니다. 던전의 기운을 받아 공격

력이 증가합니다.]

　지하 던전을 들어서자마자 고대 갑옷을 입고 중무장한 전사들이 묵직하게 덤벼 들어왔다. 스미스의 뒤에서 쌍검을 들고 있던 구성욱은 긴장했다.

　이 던전의 몬스터들은 정말 만만치 않았다. 검은 바위단 길드원들이 파티를 짜서 공략을 몇 번 시도했지만, 도중에 막혀서 돌아와야 했던 것이다. 몬스터 하나하나의 전투력도 강하고, 조금이라도 멈칫하면 다시 몬스터들이 생겨나서 발목을 잡았다. 아예 대규모 파티로 공략을 하거나, 압도적인 힘으로 쓸어버리거나.

　검은 바위단이 선택한 방법은 후자였다.

　스미스가 바로 그 방법!

　-태양의 힘.

　스미스는 앞으로 걸어가며 스킬을 사용했다.

　파아아아악!

　스미스의 전신에서 눈부신 빛이 뿜겨져 나오며 앞으로 내달렸다. 고대 제국의 전사들은 방패를 앞에 세우고 막아내려고 했지만 일격에 날아갔다.

-칼날 소나기.

이어지는 스킬 연계. 뒤에서 마나로 된 칼날들이 생겨나고 앞으로 쏘아져 나갔다. 태양의 힘에 튕겨 나간 고대 제국의 전사들은 순식간에 칼날에 꿰뚫렸다.

-크아아악!

-눈부신 힘이다! 이겨낼 수가 없다!

다른 플레이어들이 정신없이 뛰어다니면서 적을 상대할 때, 스미스는 그저 천천히 앞으로 걸어 나갔다.

왕자의 품격!

그러면서도 주변을 완전히 압도했다. 빠르게 리젠되는 몬스터들은 스미스의 공격을 이겨내지 못했다.

'대, 대단하다……!'

구성욱은 속으로 감탄했다. 구성욱 그자신도 나름 랭커였고, 다른 랭커들도 몇 번 본 적이 있었지만, 스미스는 정말로 대단했다.

압도적!

구성욱은 갑자기 김태현이 떠올랐다. 김태현이 온갖 다양하고 변칙적인 스킬들을 복합적으로 사용하는 스타일리시한 플레이어였다면, 스미스는 강력한 스킬들을 한 방 한 방 묵직하게 쓰는 왕도파 플레이어였다. 둘의 공통점이 있다면 각자의 분야에서 타의 추종을 불가할 정도로 대단하다는 점?

'아니, 내가 왜 그놈 생각을 했지?'

구성욱은 고개를 흔들었다.

물론 김태현하고 그가 이상하게 많이 엮이기는 했다. 타이럼시에서 초라한 모습으로 대장장이 옆에 있던 플레이어가 이렇게 될 거라고 그 누가 상상을 했겠는가! 다른 사람들도 그건 몰랐다.

그렇지만 구성욱은 김태현하고 더 이상 엮이고 싶지 않았다. 이상하게 김태현하고 엮인 일은 다 꼬였던 것이다.

특히 차가운 울음의 검은 아직도······.

지하 1층의 몬스터들을 모조리 쓸어버리고 2층의 입구 앞에 도착한 스미스는 앞머리를 쓸어 넘겼다.

"아. 오는 길에 김태현 플레이어를 만났습니다."

"?!"

"왜 그러십니까?"

"아, 아무것도 아닙니다."

구성욱은 당황했다. 순간 그의 속마음을 스미스가 읽은 줄 알았던 것이다. 그러나 그냥 우연의 일치였다.

"두 분이 친하셨던 겁니까?"

"아니요. 그냥 오는 길에 우연히 만났습니다."

'김태현도 여기에 있나? 하긴, 오스턴 왕국이 매력적이긴…… 잠깐, 김태현은 이미 영지도 있는데 왜 여기 왔지?'

정답은 '오크 군대를 갖고 장사를 하려고'였지만, 비교적 참한 양심을 갖고 있는 구성욱은 떠올리지 못했다.

"여기 지하 던전에 있는 보상이 뭔지는 모르지만, 혹시 김태현 플레이어도 그것 때문에 온 거 아닙니까?"

"아, 그건 아닐 겁니다. 〈잊혀진 망자의 왕관〉 아이템인데, 그건 흑마법사용 아이템이거든요. 김태현한테는 맞지도 않을 거고, 게다가 연계 퀘스트가 몇 개나 있어서 아무리 김태현이라도 이걸 알지는 못할 겁니다."

"그렇습니까?"

"그보다 저는 스미스 씨가 여기까지 오신 게 신기한데요. 바쁘시지 않으세요?"

"하하. 바쁘기는 하지만, 약속은 지켜야 합니다. 할아버지께서는 언제나 '은혜는 잊지 말라'고 가르쳐 주셨습니다."

참된 인성!

구성욱은 스미스의 뒤에서 후광이 비치는 것 같았다.

어두운 던전에서도 비치는…….

"몬스터가 쏜 거잖아?!"

구성욱은 재빨리 달려들어서 쌍검을 휘둘렀다.

-마탄 베어내기!

몇 가지 마법을 방어할 수 있는 쌍검술사의 스킬! 구성욱은 당황해서 검을 휘둘렀다. 어둠 속에 숨어 있던 적 마법사가 당황해서 다음 마법을 시전하려고 했지만, 바로 스미스가 반격에 나섰다.

콰콰콰쾅!

"감사합니다. 설마 저기에 숨어 있을 줄은 몰랐습니다."

"별, 별거 아니죠. 헉헉……."

별거 아니라고 말했지만 구성욱은 숨을 헉헉 내쉬고 있었다. 여기까지 온 스미스는 귀한 몸이었다. 스미스가 다치기라도 한다면 길마의 얼굴을 볼 체면이 없었다.

"이렇게 도움을 받다니. 제가 뭐 도와드릴 거라도 있으면 말씀해보시죠."

"예? 아닙니다, 괜찮아요."

도와주러 온 사람한테 무슨 실례란 말인가. 구성욱은 손을 흔들었다. 그러나 스미스는 묘하게 끈질겼다.

마치 계산기처럼 은혜와 원수에는 철저한 남자! 성실하고 귀공자 같은 겉모습 속에는 이런 모습이 있었던 것이다.

"말씀해 보시죠. 뭐든 좋습니다. 사소한 거라도……."

'얘 왜 이래?'

구성욱은 당황했다.

"최근에 어떤 문제도 없었습니까? 하나도? 조금도?"

"그, 문제…… 문제가…….""

구성욱은 최근에 겪었던 문제가 뭐가 있는지를 떠올렸다.

"어, 하나 있긴 한데요…… 이건 도와주실 수 있는 게 아닌데요."

"말해주십시오."

박력! 구성욱은 스미스의 박력에 눌려 입을 열었다.

"그, 제가 사실 직업 퀘스트 아이템, 〈차가운 울음의 검〉이라는 걸 찾아 헤매고 있었는데……."

구성욱은 〈차가운 울음의 검〉과 관련된 그의 구구절절한 사연을 5분 요약본으로 빠르게 설명했다.

"그리고 제작법을 얻었습니다. 그래서 저희 길드 대장장이님한테 그걸 줬는데, 글쎄, 필요한 게 뭔 줄 아세요?"

"뭡니까?"

"다른 것도 다 희귀 재료인데! 〈교황의 축복을 받은 강철〉이 필요하대요! 그걸 어떻게 구해요!"

그랬다. 구성욱은 아직도 〈차가운 울음의 검〉을 얻지 못하고 있었다. 차라리 포기할까 싶었지만, 이제까지 들인 게 너무 많아서 포기도 못 하는 상황!

구성욱에게 〈차가운 울음의 검〉은 이제 절대로 포기할 수 없는 무언가가 되어버렸다.

"교황의 축복을 받은 강철…… 그 아이템 구할 방법이 없습니까? 경매장에도 안 올라왔습니까?"

"올라왔으면 고민할 이유가 없죠. 애초에 교황한테 직접 축복을 받아서 만드는 아이템인데, 그 정도 공적치 포인트를 쌓은 사람이 굳이 그런 아이템을 만들겠어요? 저라도 다른 거 만들 텐데. 결국 제가 직접 만들어야 하는데……."

구성욱은 푹푹 한숨을 쉬었다. 다른 사람들이 저 아이템을 만들어서 경매에 올리지는 않을 테니, 그가 직접 교단에 공적치 포인트를 쌓아서 교황을 만나야 했다. 그래서 교단들을 보며 이것저것 시도는 해보고 있지만…….

많은 플레이어가 이미 교단 내에서 경쟁을 벌이고 있었다. 절대 만만치 않았다.

"경쟁이 적은 교단에 들어가시는 건 어떻습니까?"

"네? 그런 교단이 있어요? 다 경쟁이 치열하잖아요."

"이번에 김태현 플레이어가 아키서스 교단을 연 걸로 압니다만."

"……."

설마 김태현의 이름이 여기서 나올 줄은 몰랐다. 구성욱은 한 대 얻어맞은 표정을 지었다.

"아, 아니…… 그래도…… 그건……."

본능적으로 드는 기부감! 본능이 신호를 보내고 있었다. 김태현하고 엮이면 좋지 않을 거라고! 그러나 논리적으로, 스미스의 말이 맞았다. 경쟁자도 없고, 김태현한테 말만 잘하면 받을 수 있는 아이템 아닌가!

"끄으으으 끄으으으으으으 끄으으으으응……."

구성욱은 짐승 같은 소리를 냈다. 그걸 본 스미스가 이상한 사람을 보는 눈빛을 보냈다. 눈치챈 구성욱이 헛기침했다.

"험험."

"……."

"어, 어쨌든 말해주셔서 감사합니다. 고민해 보겠습니다."

"그러십시오. 그 사람 실제로 만나보니 친절하고 예의 발랐습니다. 방송하고 똑같더군요. 부탁하면 거절하지 않을 겁니다."

"……?"

구성욱은 고개를 갸웃거렸다.

얘 진짜 김태현 제대로 만난 거 맞아?

'가짜를 만난 것 아닌가? 김태현으로 변장하고 다니는……헉! 충분히 가능해!'

급기야 현실을 부정하는 구성욱이었다.

그렇게 그들이 지하 던전을 공략하는 사이, 다른 곳에서는 또 한 명의 플레이어가 〈잊혀진 망자의 왕관〉을 찾아 움직이고 있었다.

"도착!"

허공에 차원문이 열리더니, 거기서 한 명의 네크로맨서가 나타났다. 평범해 보이는 남색 로브를 입고, 특별한 것 하나 없는 지팡이를 손에 든 모습. 누가 봐도 초보자 마법사였지만, 초보자 마법사는 이런 공간 이동을 할 수 없었다. 흑마법사는 손짓을 했다.

그러자 순식간에 나타나는 8기의 데스 나이트!

이세연이었다.

-시체 저장. 시체 저장. 시체 저장. 영혼 구속.

사방에 시체들이 있는 상황은 네크로맨서한테는 주 무대였다. 이세연은 도착하자마자 준비를 했다. 이제 이 주변은 이세연이 손가락만 까딱여도 정예 언데드 몬스터들이 우르르 나올 수 있는 요새가 된 것이나 마찬가지였다.

'잊혀진 망자의 왕관으로 들어가는 입구가…… 아랄타 성지하 입구네.'

검은 바위단의 퀘스트와 이세연의 퀘스트가 겹친 상황! 두 세력은 다른 입구로 같은 던전에 들어가려고 하고 있었다.

-언니. 도착하셨어요?

-응응. 걱정할 필요 없어.

-언니라면 괜찮으시겠지만 그래도 오스턴 왕국이니까 조심하세요. 언니는 알아보는 사람도 많을 거 아니에요.

-변장했는데 누가 알아봐……?

-아, 그리고…… 아니다. 아무것도 아니에요.

-뭐야, 뭐야? 너 지금 뭐 말하려다 말았지? 말해.

이세연은 같은 길드에 있는 동생이 말을 머뭇거리는 걸 바로 눈치챘다.

-진짜 아무것도 아닌데…….

-현아야, 만약 나중에 알아봤는데 숨긴 거면 화 낸다?

-죄송해요! 사실 사이트에 오스턴 왕국에 김태현이 있다는 글이 올라왔었거든요. 뭔가 잔뜩 이끌고서 이곳저곳 돌아다니고 있다는데…… 언니는 그 김태현한테 이상하게 관심을 보여서 말 안 하려고 했어요!

-이상하게 관심이라니. 그냥 관심이지. 그리고 흥미롭지 않아? 랭커잖아.

-다른 랭커한테는 그렇게 관심 안 가지시잖아요! 저번에 한 것도 그렇고! 왜 김태현한테만!

-질투할 필요 없다니까, 현아야? 그리고 저번에 한 건 나름 의미가 있었어.

태현이 정체를 드러내고, 본격적으로 방송에도 나서고 활동을 하자, 이세연은 한 가지 의문을 가지게 되었다.

-저 김태현이 판타지 온라인 1의 김태현이 아닐까?

근거는 한둘이 아니었다. 처음에 만난 건 마차를 수리했을 때. 그때 군이 가명을 말한 이유는 뭐였을까? 물론 그냥 조심한 걸 수도 있겠지만, 이세연의 감은 예리하게 무언가를 잡아냈다.

그뿐만이 아니었다. 판타지 온라인 1과는 직업과 전투 방식이 완전히 달랐지만, 이세연은 그 속에서 무언가 낯익은 것을 느꼈다.

이렇게 되자, 오히려 돌아다니는 소문인 '김태현은 판타지 온라인 1 김태현 팬이라 닉을 그렇게 지었다더라' 같은 소문은 더 의심스러워졌다. 그건 사실 김태현이 진실을 숨기기 위해서 퍼뜨린 소문이 아니었을까?

그래서 이세연은 한 가지 실험을 해보았다. 김태현이 판타지 온라인 1의 김태현이라는 소문을 퍼뜨린 것이다.

에스파 왕국 퀘스트가 끝난 직후였다.

그런데…….

'그 소문이 이상하게 사라졌어.'

이렇게 되나 보려고 한 짓이었는데, 누군가 대량으로 여론을 조작이라도 한 것처럼 소문이 묻혀 버린 것이다.

이러니까 더 수상할 수밖에 없는 것!

-어쨌든 그런 놈한테 더 이상 관심 가지지 마세요! 방송에서 착하게 나오는 것도 분명 이미지 관리일 거예요! 실제로는 성격 나쁘고 더럽고 못생기고 하여튼 온갖 안 좋은 건 다 갖고 있을 거라고요!

-그, 그 정도는 아닐 것 같은데…… 그리고 어차피 김태현하고 만날 일은 없을 거야. 지하 던전 들어가서 〈잊혀진 망자의 왕관〉만 가지고 나올 생각이니까.

-좋은 생각이에요! 혹시 김태현 만나더라도 절대로 길드에 영입 제안은 하지 마세요!

-김태현이 진짜면 하더라도 안 받을 거야.

-네? 뭐 그런 놈이 다 있어요! 영광으로 여겨야…….

-현아야, 네가 말하고도 이상하게 생각되지 않니? 어쨌든 이만 끊을게.

-네! 언니! 파이팅!

떠들면서 걷다 보니 어느새 아랄타 성 앞에 도착했다. 이세연은 성 주변을 둘러보았다.

'생각보다 복구가 빠르네? 점령한 사람들이 돈이 많은가?'

안을 보니 오크들이 뚝딱거리며 성벽을 수리하고 있었다. 순간 몬스터인 줄 알았지만, 몬스터가 아니었다.

"저기요!"

"……?"

밖에서 들리는 소리에 오크들은 움찔했다. 순식간에 웅성거리며 떠들기 시작했다.

"태현이 아니지?"

"여자 목소리잖아."

"태현이가 보낸 여자 아니지?"

"……."

김태현 노이로제에 걸린 오크 아저씨들!

"보니까 아닌 것 같은데."

"마법사야? 레벨 낮아 보이는데. 용케 여기까지 왔네."

"레벨 낮을 때는 다들 겁이 없잖아. 그나저나 저래가지고 여기서 돌아다닐 수 있나? 우리 길드에 들어오라고 해볼까?"

오크 아저씨들은 웅성거리며 떠들었다.

그걸 들은 이세연은 살짝 미소 지었다. 대화하는 것만 들어도 꽤 괜찮은 길드라는 걸 알 수 있었기 때문이었다.

"그런데 우리 길드 들어오라고 하면 다들 거절하잖아. 그건 왜 그럴까?"

"그러게. 이렇게 좋은 길드도 없는데."

자기들의 복장은 잊어버리고 떠드는 아저씨들!

김태산은 한숨을 쉬며 말했다.

"조용히 좀 해…… 그보다 여기는 무슨 일로 온 거지? 여기 주변이 막 돌아다닐 곳은 아닌데."

"아, 성 지하에 볼일이 있어서요. 혹시 들어가도 될까요?"

"지하? 이 성 지하에 뭐가 있었나?"

"형님 알고 계셨습니까?"

"몰라. 나도 못 들어봤는데."

"내성 건물의 지하실을 보면 지하 던전으로 들어가는 입구가 있거든요."

이세연은 아무렇지도 않게 말했다. 그러나 원래 이런 건 이렇게 쉽게 말해줄 게 아니었다. 던전의 정보는 그 자체로도 아주 큰 가치가 있었다. 괜찮은 던전이 필드에 나왔다는 소식만 들리면 그 주변의 길드들이 닥치는 대로 달려들어서 독점하려고 들었다. 자리가 되고 상황이 되면 자릿세를 걷거나, 아예 못 들어오게 하는 경우도 종종 있었다. 그러면 일반 플레이어들은 그냥 다른 던전을 찾아야 했다. 억울하고 치사해도 어쩌겠는가.

그런데 이세연은 아무렇지도 않게 말해준 것이다. 당장 여기 아저씨들이 쫓아내고 던전을 독점해도 놀랍지 않았다.

자신감!

이세연은 자신이 있었던 것이다. 그녀를 쫓아내도 뚫고 안으로 들어갈 자신이. 그러나 반응은 예상과 달랐다.

"뭐? 여기 밑에 던전이 있었어?"

"어쩐지 보일 리가 없는 몬스터 시체가 있다 했다."

"형님, 어떻게 하실 겁니까?"

김태산은 어깨를 으쓱거리며 말했다.

"우리는 원래 알지도 못했을 걸 알려줬으니 들어가게 해줘라. 불쌍하잖아."

"어…… 네?"

이세연은 귀를 의심했다. 불쌍?

"다른 길드 놈들이 얼마나 던전 입장을 막았으면 여기까지 와서 던전을 찾겠냐. 불쌍하다."

"하긴, 우리는 영지가 목적이니 던전 먼저 들어가는 건 양보해도 별 상관없겠죠."

아저씨들은 김태산의 말에 동의하며 말했다. 그들은 이세연을 저렙으로 착각하고 있었다. 그녀가 들어갈 정도의 던전이라면 별것 아니라고 판단한 것이다.

"아, 아니…… 그런 건 아닌데요……."

이세연은 당황해서 말했지만 이미 오크 아저씨들은 알아서 오해를 마친 상태였다.

"힘내라, 힘!"

"열심히 하라고!"

"······."

이세연은 떨떠름한 표정으로 걸어 들어갔다.

"좋아하는데요?"

"감동한 거겠지. 우리 참 착해지지 않았냐?"

오크 아저씨들은 서로 덕담을 해주며 뿌듯해했다. 예전이었다면 상상도 하지 못했을 양보와 선행! 그러나 그들은 그걸로 목숨을 구했다고는 상상치도 못했다.

"야. 와서 여기 성벽이나 마저 수리해라! 시간 없어!"

"내가 허리가 안 좋아서······."

"나는 주술사잖아. 힘쓰는 건 좀······."

"헛소리하지 말고! 빨리 와!"

오크 아저씨들은 투덜거리며 다시 건축에 들어갔다. 손이 부족하니 그들이 직접 나설 수밖에 없었다. 다들 고렙에 장비까지 빵빵하니 건축 스킬 없이도 잡일은 완벽하게 해냈다.

"×까!"

"······!"

태현은 충격받은 표정을 지었다. 그걸 본 케인이 물었다.

"너 정말 쟤들 반응이 놀라워서 이러는 거냐?"

"반쯤은 그렇지?"

태현은 표정을 수습하고 위를 쳐다보았다. 카달타 성. 그 성벽 위에 서 있는 건…….

쑤닝 길드! 그 짧은 사이에 성을 나름 보강하는 데 성공한 상태였다. 겉으로 보기에는 성벽도 다 멀쩡했다. 그리고 그 성벽 위에 있는 쑤닝 길드원들은 전원 다 독기 서린 얼굴! 철천지 원수를 보는 것 같은 비장함이 그들의 얼굴에는 있었다. 그리고 그들의 시선은 모조리 태현한테 집중되어 있었다.

"너하고 협상하느니 차라리 죽겠다!"

"이 개-xx-xxxx-xxxxxx!"

"뒈져! 그냥 뒈져!"

쏟아지는 욕설과 증오!

그걸 본 이다비가 말했다.

"협상이 전혀 안 통할 것 같은데요."

"흠. 쑤닝 길드 정도면 아무리 쌓인 원한이 있어도 현재 상황을 좀 침착하게 파악하고 손을 잡아줄 줄 알았는데."

"……그러기에는 너무 많이…….."

"뭐?"

"아무것도 아니에요!"

태현한테 아이템 사기까지 당한 쑤닝 길드원들은 목에 칼이 들어와도 태현에게 좋은 일을 해줄 생각이 없었다.

사람이 언제나 이성적인 판단을 할 수는 없는 법!

태현은 어깨를 으쓱거렸다. 협상을 받아주지 않는다면 실력 행사뿐.

'여기서 오크들 올 때까지 있지 뭐.'

물론 단단히 약이 오른 쑤닝 길드는 가만히 당하고 있을 생각이 전혀 없었다.

쉬익-

"……?"

[높은 행운으로 상대의 은신이 풀립니다. 모습이 드러납니다.]

"……!"

태현 뒤에 와 있던 암살자 플레이어가 은신이 풀리고 태현과 눈이 마주치자, 눈을 깜박였다. 은신해서 접근한 다음 뒤에서 정확하게 기습을 넣으려고 했는데…….

참으로 어색한 순간!

"우리 친구, 뒤에서 기습을 넣으려고 했구나?"

"네……."

"그런데 지금 걸려서 난처한 거고?"

끄덕끄덕!

"저…… 그냥 놔주시면……."

"뭔 개소리를 하는 거야! 공격해!"

암살자가 머뭇거리자 성벽 위에서 쑤닝이 고래고래 소리를 질렀다. 암살자는 잔뜩 인상을 찌푸렸다.

'지금 죽는 건 나만 죽잖아!'

은신 후 기습을 넣고 다시 재빨리 성 안으로 튀는 게 계획 이었는데, 길마란 인간이 지밖에 몰라가지고…….

"에에이!"

암살자 플레이어는 함성을 지르며 달려들었다. 이렇게 된 이상 김태현을 공격하고 다시 성으로 튄다! 한 번에 폭딜을 넣 으면 김태현도 무리해서 쫓아오지는 못할 것이다.

촤락!

"……?"

[석화의 검은 허리띠로 인해 석화 스킬이 발동됩니다. 저항에 성공합니다. 이동 속도가 내려갑니다.]

[황제 슬라임의 반지로 인해 완전무결한 반격 스킬이 발동됩니 다. 대미지가 돌아옵니다.]

[봉쇄의 발목 장식으로 인해 그림자 발목 묶기 스킬이 발동됩 니다. 잠시 동안 움직일 수 없습니다.]

[진홍의 배신 셔츠로……]

순식간에 주르륵 뜨는 메시지창!

암살자 플레이어는 경악했다. 제대로 공격도 하지 못한 상황이었다.

이게 대체 어떻게 된 일?

"뭐…… 야?"

덤벼든 탓에 태현의 외투가 살짝 걷혔다. 그러자 그 안의 모습이 드러났다.

"……!"

경악스러울 정도로 빼곡하게 입은 장비들!

에스파 왕국의 약탈에서 알짜배기들만 모아서 장착한 것이었다. 하나하나가 뛰어난 효과를 갖고 있는 PK용 장비들이었는데, 그걸 전부 다 긁어모아서 장비하니 무시무시한 시너지가 나타났다.

"이야. 효과 좋네. 회피도 전에 다 막을 줄은 몰랐어."

"이건 진짜 말도 안……."

퍼퍼퍼퍼퍽!

[HP가 0으로 내려가 사망합니다.]

암살자 플레이어를 깔끔하게 정리한 태현은 검을 휘두르며 성벽 위를 가리켰다.

"쑤닝, 나와라, 비겁한 녀석! 동료를 버리다니! 나와서 심판을 받아라!"

"우리가 악당 아닌가……?"

"……."

쑤닝은 태현을 내려다보더니 휙 하고 돌아섰다. 태현이 보내는 수많은 도발과 괴롭힘을 겪은 쑤닝은 정신적으로 성장한 상태였다. 이제 더 이상 속아 넘어가지 않는다!

"야! 안 나오냐?"

"……."

묵묵부답!

쑤닝은 대답을 해봤자 태현에게 말려 들어간다는 걸 알고 있었다. 다른 길드원들은 몸이 근질거렸지만 쑤닝이 말리자 참을 수밖에 없었다.

"나가서 싸우지 마라. 저놈한테 유리한 짓을 해줄 필요가 없지! 유리한 건 우리다!"

"예!"

쑤닝 길드가 의외의 참을성을 보이자, 태현은 놀랐다.

"안 나오네. 나올 줄 알았는데."

"어떻게 할 거냐?"

"그냥 기다리면 되지. 아쉬운 건 지들인데."

쑤닝 길드는 태현이 나타나자마자 욕설을 퍼붓고 대화를 끊었다. 그렇기에 태현이 뭘 가지고 협상하려는지 알지 못한 상황!

그냥 태현이 어디서 군대를 이끌고 와서 공격을 하겠다고 협박을 하는 거라고 생각했다.

"저놈들 뭐하냐?"

"왜 공격을 안 하지?"

웅성웅성!

태현이 당장에라도 쳐들어올 줄 알았는데, 성 앞 언덕에 모여서 기다리고만 있었다.

화르륵!

"요리까지?!"

이제는 솥을 놓고 요리를 시작했다. 태현은 느긋하게 국자를 휘휘 저으며 요리를 만들었다.

"……저거 진짜 무슨 생각이냐?"

쑤닝 길드원들은 혼란스러워했다. 그중 몇 명은 알고 있는 다른 길드원에게 연락을 했다.

-어, 그래서 김태현이…… 뭐? 오크 군대가?!

"길, 길마님. 큰일났습니다!"

혹시 알고 있는 게 있나 싶어서 물어봤는데, 생각보다 심각한 대답을 들은 길드원이 놀라서 외쳤다.

"무슨 일인데?"

"김, 김태현 저놈이 오크 군대를 끌고 온다고 협박을……."

"뭔 헛소리야? 저놈이 어떻게 끌고 와. 저기 뒤에 있는 오크들? 걱정하지 마라. 저 정도는 충분히 막을 수 있다."

"저놈들 말고요! 대족장이 이끄는 본대 말입니다!"

"뭐? 그걸 어떻게?"

"케인이 여기 있다고 대족장한테 사신을 보냈다고 하는데요……."

"……!"

그제야 쑤닝은 태현이 뭘 노리고 있는지 깨달았다. 케인을 미끼로 써서 여기로 대족장의 군대를 부른다는 것 아닌가!

콰지직!

쑤닝의 손에 들려 있던 잔이 그대로 박살이 났다. 쑤닝의 손이 분노로 벌벌 떨렸다.

"길마님!"

"공격 준비해!"

협상을 하지 않는 이상 태현과 그 사악한 일행을 공격해서 밀어내는 수밖에 없었다.

내일 판타지 온라인 2가 서버 종료를 하더라도 나는 오늘 스킬 레벨을 올리겠다!

그런 각오로 태현은 요리를 만들고 있었다. 덕분에 안절부절못하는 건 이다비나 케인 같은 사람들!

"저, 저기 위에서 우리 노려보고 있는데요……."

이다비는 케인의 방패를 뺏어서 얼굴을 가리고 있었다. 태현과 달리 그녀는 쑤닝 길드에 찍히면 매우 곤란해졌다.

파워 워리어 길드원들도 각자 쑤닝 길드의 시선을 피하기 바쁜 상황!

"걱정 마. 저기서 내려오려면 시간 좀 걸릴 거다. 어? 재료가 부족하네. 너 뭐 갖고 있는 거 없냐?"

"예? 뭘요?"

"요리 재료."

"어…… 없는데요."

"저희도요."

"뭐? 그럴 리가 없는데. 사냥하고 다니는데 어떻게 요리 재료가 하나도 없어?"

태현은 파워 워리어 길드원들의 주머니를 털기 시작했다.

그러자 나온 재료들은…….

외눈 괴물의 촉수, 미약한 마비의 잎새, 희석시킨 끓어오르는 용암의 정수.

아무리 생각해도 요리 재료가 아닌 요리 재료들!

물론 요리 재료가 아닌 것들을 넣고도 요리가 가능한 것이 판타지 온라인 2의 자유도였다. 그리고 태현은 그 자유도의 정점을 보여주고 있었다.

손에 잡히는 건 닥치는 대로 투입!

기존에 갖고 있던 요리 레시피대로 만드는 게 아니었다. 요리 스킬과 행운을 믿고 대충 마음대로 만드는 요리였다.

"양이 부족하네. 더 없냐?"

"……."

파워 워리어 길드원들은 정말로 두려운 표정을 지었다.

"어쩔 수 없군. 요리 다 됐다!"

[실험적인 신성 요리가 완성되었습니다.]

[전투를 앞둔 전사들을 위한 강장 요리가 완성되었습니다.]

[요리 스킬이 오릅니다.]

"너희들도 와서 먹어. 양 많이 해놨으니까."

"아, 아니, 저희는 괜찮은데……."

파워 워리어 길드원들은 질색을 했다. 요리 스킬이 뛰어난 요리사가 해주는 요리는 현실에서 맛볼 수 없는 호사였지만, 요리 스킬이 부족한 요리사의 요리는 고문이나 다름없었다.

그리고 태현을 봤을 때, 아무리 생각해도 이 재료들을 다 커버할 만큼 요리 스킬이 뛰어날 것 같지는 않았다.

그러나 태현은 냉정했다.

"먹어. 나 스킬 올려야 해."

"……네."

길드원들은 울며 겨자 먹기로 요리 앞에 섰다.

'모양은 그럴듯하네.'

'냄새도 꽤 괜찮고.'

'맛있는 거 아냐? 요리 스킬 없어도 재료 좋은 거 쓰고 간단하게만 만들면…….'

'그런 것 치고는 꽤나 요리법 복잡해 보이는 요리였는데. 그리고 너 뭐 들어갔는지 봤잖아. 재료 좋다는 말이 나오냐?'

"너희는 눈으로 먹냐? 먹으라고!"

다들 망설이자 태현의 구박이 바로 들어왔다. 파워 워리어 길드원들은 눈을 질끈 감았다. 그 순간 들어오는 건 슬슬 거리를 벌리는 이다비!

"길마님! 어디 가십니까!"

"아, 나는 식욕이 없어서……."

"식욕이 없다면 더더욱 이걸 드셔야죠!"

"좋은 건 길마님부터! 저희가 먼저 먹으면 다른 사람들이 흉을 봅니다! 저기 길드는 족보도 없다고!"

"우리 길드가 언제부터 족보가 있었어?! 그리고 너희는 평소에 나 챙기지도 않았잖아!"

이다비는 울컥해서 길드원들한테 말했지만, 태현은 그녀를 빤히 쳐다보았다. 시선에서 느껴지는 속마음.

-네가 감히 먹지 않을 생각이냐!

"……먹으면 되잖아요."

파워 워리어 길드원들과 이다비는 눈을 감고 한 숟갈 뜨기 시작했다. 그 순간 밀려오는 맛의 해일!

"이, 이 맛은……!"

길드원 중 한 명의 눈이 번쩍 뜨였다. 설마 그 재료를 뛰어넘고서 숨겨진 맛을 이끌어냈단 말인가?

"……정말 맛이 없다!"

"구아아악! 구아아아아악!"

물론 아니었다. 아무리 태현의 행운과 요리 스킬이라도 도저히 맛을 살릴 수 없었던 재료들!

인간에게는 한계가 있는 법이었다. 그러나 타오르는 혓바닥과 달리, 메시지창은 정반대였다.

[실험적인 신성 요리를 먹고 신성 스탯이 오릅니다. 일시적으

로 신성 속성 방어력을 얻습니다.]

[실험적인 신성 요리를 먹고 지혜, 행운이 영구적으로 1 오릅니다.]

[전투를 앞둔 전사들을 위한 강장 요리를 먹고 일시적으로 전투력이 오릅니다. 힘, 민첩, 체력이 버프됩니다.]

[전투를 앞둔 전사들을 위한 강장 요리를 먹고 힘이 영구적으로 1 오릅니다.]

[요리를 적게 먹었습니다. 더 많이 먹을 시 추가 효과를 얻을 수 있습니다.]

"!!!!"

숟가락을 집어 던지고 싶어도 던지지 못하게 만드는 메시지 창들! 다른 방법으로 스탯을 이렇게 올리려면 고생 고생을 해야 하는데, 요리만 먹는 것으로 이 정도 효과가 나올 줄이야! 게다가 더 먹으면 추가 효과를 얻을 수 있다니.

파워 워리어 길드원들은 서로 쳐다보았다.

이심전심!

'먹는다? 진짜 먹는다?'

'먹어야지 이 자식아! 한약 먹는다고 생각하고 먹어! 이건 돈 주고도 못 사 먹는 건데!'

허겁지겁!

"잘 먹는 거 보니 맛이 있나 보군."

"……."

"수혁아! 오크들도 먹게 해라! 싸우기 전에 버프 받게 해야지."

"네! 선배님!"

정수혁은 뒤에서 우두커니 앉아 있던 오크들을 불렀다.

"취익! 뭘 주는 거지?"

"칙! 위대한 주술사님께서 주시는 거니 좋은 것일 거다!"

오크들은 우르르 서서 요리를 받아 먹기 시작했다. 먹는 것이라면 오크들은 바위라도 씹어 먹는 종족!

"취익! 이 맛은……!"

"칙! 정말 대단한 맛이다! 더 먹고 싶다!"

"??"

한약을 먹는 기분으로 요리를 먹고 있던 파워 워리어 길드원들은 경악한 눈빛으로 오크들을 쳐다보았다.

'이게 맛있다고?'

[당신이 만든 요리들을 오크들이 매우 만족해하며 먹습니다. 칭호: 오크의 입맛을 아는 요리사를 얻습니다.]

[당신이 만든 요리들을 다른 플레이어들이 괴로워하며 먹습니다. 스킬 <괴식 요리>를 얻습니다.]

'응?'

칭호, 오크의 입맛을 아는 요리사는 흔한 칭호였다. 다른 요리사들도 많이 갖고 있는 칭호. 오크들은 요리만 주면 어지간해서는 다 만족하니까!

그러나 스킬 〈괴식 요리〉는 대체?

〈영웅 직업-괴식 요리사의 위대한 길〉

당신은 요리를 할 때, 차가운 머리와 이성으로 요리를 하지 않는다.

뜨거운 가슴과 감성으로 요리를 해온 당신!

기존의 요리 방식에 얽매이지 않고 요리를 만들어 온 당신은 괴식 요리사의 재능이 있다. 괴식 요리는 그냥 못 만든 요리가 아니다. 원래라면 먹을 수 없는 재료를 이용해서 최대한 효과를 이끌어내는 요리의 정수인 것이다. 물론 그 대가로 맛을 희생할 수는 있겠지만, 이런 말도 있지 않은가. 몸에 좋은 것은 입에 쓰다고!

괴식 요리사의 길을 걷겠는가?

보상: 괴식 요리사로 전직.

[아키서스의 화신은 다른 직업으로 변경이 불가능합니다.]
[괴식 요리사 직업 퀘스트가 취소됩니다.]

'할 생각도 없었는데.'

태현은 속으로 그렇게 생각했다. 물론 할 생각이 없어도 이렇게 메시지창으로 '너는 아키서스의 화신을 못 떠난다!'라고 말해주는 건 별로 좋은 기분이 아니었지만…….

<괴식 요리>
먹을 수 없는 재료들을 이용해 재료의 한계를 끌어내는 요리. 선행 스킬에 따라 스킬의 효과가 달라진다.
선행 스킬: <행운의 요리>, <신성 요리>.

스킬 설명을 보니, 태현이 갖고 있는 <행운의 요리> 스킬과 <신성 요리> 스킬, 그리고 이제까지 만든 괴식 덕분에 스킬이 뜬 모양이었다.
'없는 것보다는 낫겠지.'
그렇게 다들 미식을 즐기는 사이, 쑤닝 길드는 성안에서 기어 나오고 있었다.
"김태혀어어어어어어어어언!"
전신에서 줄줄 흘러넘치는 살기!

-몬스터 조종. 맹독 살포. 의심암귀.

태현은 바로 대응에 들어갔다. 지금 그들이 있는 곳은 언덕 위. 고지대를 축으로 버틸 생각이었다. 쑤닝 길드는 이 주변에 아무것도 없다고 생각하고 덤비고 있었지만, 그것은 착각이었다. 태현이 갖고 있는 스킬들은 짧은 시간만 줘도 주변을 지옥으로 만들 수 있었다.

뱀파이어의 권능인 작은 몬스터를 조종하는 걸로 쥐와 참새를 부려 성 앞에 대기. 태현은 그리고 위에서 바로 〈맹독 살포〉 스킬을 사용했다.

"독이다! 해독 포션 사용해!"

쑤닝 길드원들은 장비나 갖고 있는 소모 아이템이 풍족했다. 독을 뿌린다고 물러서지는 않았다. 그러나 태현의 공격은 이제 막 시작되었을 뿐이었다.

다음 공격은 태현의 장기인 기계공학!

콰콰콰콰쾅!

[소형 구슬 폭탄이 폭발해서 적을 공격합니다.]
[기계공학 스킬이 오릅니다.]

쥐와 참새들한테 묶어 놓은 작은 폭탄들이 연쇄적으로 폭발했다. 기계공학을 배우는 다른 플레이어들이 만드는 폭탄과는 차원이 다른 폭탄!

태현은 폭탄 장인이라고 해도 과언이 아니었다. 그러나 결과는 예상 밖이었다. 쑤닝 길드원 중 아무도 죽지 않았던 것이다. 다들 타격을 입었지만 눈을 부라리며 버티고 있었다.

"무슨 포션이라도 빨았냐?"

"그래! 이 자식아. 언제까지 네 그 같잖은 기계공학 스킬에 넘어갈 줄 알았냐!"

쑤닝 길드는 당연히 태현에 대한 대비 방법을 고민해 놓은 상태였다. 그중 하나는 바로 기계공학, 폭탄에 대한 대처!

〈물리 공격 내성 증가 포션〉, 〈폭발 내성 증가 포션〉 등 효과가 있는 포션이란 포션은 다 사용했다.

'김태현은 마법과 거리가 멀지!'

쑤닝 길드원들은 다시 한번 공격할 준비를 했다.

그렇지만…….

"수혁아."

"예. 선배님!"

정수혁은 지팡이를 들고 오크 주술사들 앞에 섰다.

"취이이이익! 위대한 주술사님께서 힘을 보여주신다!"

"모두 경배해라! 취익!"

오크 주술사들은 환호하며 정수혁 뒤에 섰다. 그걸 본 쑤닝 길드원들은 멈칫했다.

"뭐야, 마법사 있었어? 김태현은 마법 안 쓰는 줄 알고 대비했잖아."

"걱정 마라. 어차피 그래 봤자 별거 아닐 거다."

"저기 오크들도 있는데. 지팡이 들고 있잖아…… 주술사 아닌가?"

"야. 저기 있는 오크들이 다 주술사겠냐? 말이 되는 소리를 해라!"

흔하게 굴러다니는 오크 전사들과 달리, 오크 주술사들은 나름 귀한 존재!

-분노한 정령의 폭풍!
-굴러가는 바위의 외침!
-벼락 정령의 강림!

콰콰쾅! 콰콰콰쾅! 콰콰콰콰쾅!

"!??!!?!?"

언덕 위에 있던 오크들이 닥치는 대로 마법을 쏴 갈기기 시작하자 쑤닝 길드원들은 기겁을 했다.

"보호막! 보호막!"

"야 이 ××아! 주술사 아니라며!"

"아, 아니. 저게 솔직히 다 주술사라는 게 말이 되냐?! 너도 그렇게 생각했을 거 아냐!"

그러는 와중에도 오크들의 마법은 작렬하고 있었다. 쑤닝 길드원 중에서 마법사들이 재빨리 스크롤을 찢고 방어막을 깔기 시작했다.

"만만치 않은데……."

"김태현만 잡아서 될 게 아닌 거 같다. 위험해."

언덕 밑에서 잠시 멈춘 쑤닝 길드원들은 이를 갈았다. 피해가 크지는 않았지만, 이대로 계속 시간이 지나면 손해를 보는 건 그들이었다. 포션부터 시작해서 장비, 버프까지 대(對) 김태현으로 바꾼 상태. 효과가 떨어지기 전에 빠르게 김태현을 잡고 성으로 빠질 생각이었는데…….

상대방이 생각보다 훨씬 더 발목을 강하게 잡았다.

"탱커들이 앞에서 버텨! 도적들은 옆으로 은신해서 들어갈 준비 하고. 싸움이 벌어지면 무조건 김태현만 노린다! 스크롤은 다 갖고 있겠지?"

"예!"

"놈은 어지간한 공격은 다 회피하니까 명중 못 시킬 만한 공격은 아예 시도도 하지 마라! 절대 명중할 수 있는 스크롤이나 스킬만 써!"

밑에서 쑤닝 길드원들이 독하게 버티는 걸 본 케인이 중얼거렸다.

"너 저렇게 원한을 사고도 잘 때 두렵지 않냐?"

"어차피 또 죽일 놈들인데 뭘 그리 두렵다고. 이디비. 황금 상인 스킬 쓸 준비 됐지?"

"네!"

"쑤닝이 사정거리에 들어오면 저놈 발부터 묶어. 가까이 붙으면 골치 아플 테니까. 루포. 넌 여기서 정수혁 지키고."

태현의 말에 케인은 고개를 갸웃거렸다. 케인의 직업은 탱커형 직업. 정수혁을 보호하려면 그가 낫지 않나?

"나는?"

"넌 내 옆에 붙어 있어. 죽으면 안 되니까."

"……!"

케인은 순간 감동할 뻔했다. 그러나 뭔가 이상했다.

'이 자식이 날 챙겨줄 리가 없는데?'

"왜, 왜?"

"뭐가 왜야? 생각을 해봐. 저놈들이 날 못 잡으면 다음으로 누구를 노리겠냐. 너만 잡으면 오크들이 일단 여기는 안 올 테니까 죽여서 로그아웃시키려고 하겠지."

"!!!"

"넌 죽으면 부활하고 나서 나한테 다시 죽을 줄 알아라."

"그, 그런……."

불합리한 말을 들은 케인은 매우 억울해했다.

-저~ 사악한~ 김태현의~ 목을…….

"……?"

밑에서 들려오는 노랫소리. 태현은 어이가 없어서 아래를 내려다보았다. 탱커 뒤에서 음유시인 직업을 가진 플레이어들이 노래를 부르고 있었다. 정확한 음정과 풍부한 감정을 담아서 부르는 원한 섞인 노래!

[상급 명곡 <김태현을 저주하는 노래>를 듣습니다. 저항에 실패합니다. 일정 시간 동안 디버프를 받습니다.]

태현을 만나면 쓰기 위해서, 아예 작곡까지 해 놓은 쑤닝 길드! 정말 끈질긴 원한이었다. 물론 태현의 자업자득이기는 했지만…….

"상급 명곡 정도면 만드는데 비용도 꽤 들었을 텐데, 진짜 원한을 많이 샀나 보네요."

"남 일처럼 이야기할 때가 아닌데."

"……?"

"이제 너도 같이 찍히게 될걸."

케인의 말에 이다비의 얼굴이 순간 창백해졌다. 생각해보니, 쑤닝 길드가 이다비와 파워 워리어 길드를 태현과 따로 생각해 줄 이유가 없었다. 당연히 묶어서 한 세트로 취급하겠지!

그러는 사이에 노래는 계속해서 울려 퍼졌다. 음산하고 한이 서린 저주 노래!

-이~원한을~절대로~

"아, 작작 좀 해라!"

노래를 듣던 태현은 짜증이 나서 들고 있던 폭탄 하나를 밑으로 집어 던졌다. 워낙 방어가 단단해서 이런 걸로 흠집 하나나지 않겠지만……

"막아!"

콰콰콰쾅!

"야! 제대로 막아야지!"

"제, 제대로 막았는데?!"

폭탄이 방패 위로 떨어져서 폭발한 것까지는 좋았는데, 파편이 튀어서 뒤에서 노래를 부르고 있던 음유시인 플레이어에게 작렬! 정말 생각지도 못한 공격이었다.

덕분에 노래는 끊겼다. 그러나 마법을 쏟아붓느라 오크 주술사들도 지친 상태였다.

"돌격! 돌격! 저놈들을 전부 죽여 버려라!"

"와 봐라. 쑤닝! 어차피 넌 쑤닝밖에 안 되는 놈이다!"

'케인 같은 놈'에 이어서 '쑤닝 같은 놈'이라는 표현을 새로 만들어내는 태현이었다.

태현은 자신이 있었다. 쑤닝 길드가 아무리 많은 준비를 했어도, 태현도 그만큼 많은 패를 갖고 있었다. 혹시나 쑤닝이 정말 숨겨진 패로 그의 허점을 찔렀다 쳐도, 여기서 빠져나갈 자신도 있었다.

"취익! 주술사님을 보호해라!"

"위대한 주술사님을 위해! 췤! 오크 주술사의 신 아키서스를 위해!"

"……누구의 신?"

"지금 그런 게 중요한 게 아니잖습니까!"

정수혁은 시선을 피하며 오크들을 격려했다.

콰콰쾅!

언덕 위에서 두 세력은 격돌했다. 탱커 역할을 맡은 쑤닝 길드원들과 오크 전사들과 악마들의 격돌!

묵직한 중장갑을 입은 전사들이 두꺼운 무기들을 휘두르고, 덩치 큰 악마들이 발톱을 내려찍으며 저주 섞인 침을 뱉었다.

"비켜라! 이 자식들아!"

"오크들 주제에 어디서! 근데 왜 이렇게 힘이 센 거야!? 피부색은 왜 이렇고!?"

"취익! 주술사님을 위해! 내 도끼를 바친다!"

절대로 밀릴 수 없는 싸움!

그 뒤로 딜러 역할을 맡은 쑤닝 길드원들은 나뉘어졌다. 절반은 탱커들 뒤에서 딜을 넣고, 나머지 절반은 옆으로 돌아서 언덕 위를 올라가 오크 주술사들을 공격하려고 했다.

거기에는 쑤닝도 포함!

-녹인 황금의 저주!

"?!"

자신만만하게 돌격하던 쑤닝은 생각지도 못한 저주에 당황했다. 그가 입고 있는 장비는 어지간한 마법과 저주는 다 막아내는 장비였다. 게다가 포션과 스크롤까지 일시적으로 쓴 상태인데 어떻게?!

'무슨 저주야?!'

[녹인 황금의 저주에 당했습니다. 움직일 수 없습니다.]

"이런 ××……!"

다행히 저주 효과치고는 약했지만, 지금 같은 상황에서는 아주 골치 아픈 저주였다. 여기서 움직일 수 없다니.

"너냐! 네가 했냐!"

"저, 저 아니에요! 얘가 했어요!"

이다비는 시선을 피하며 고개를 저었지만, 쑤닝은 이미 확신을 갖고 있었다.

"저번 투기장에서 네가 쓴 거 봤다, 이다비! 파워 워리어 길마! 내가 모를 줄 알았냐!"

"왜 그런 걸 기억하고 그래요! 쓸데없이 기억력이 좋아가지고!"

"김태현 영지에서도 같이 있는 걸 봐서 설마 했는데, 역시 손을 잡은 게 맞았군."

"저, 저희 파워 워리어는 아무와도 손을 잡지 않았……."

"닥쳐! 너도 이제 우리 길드의 피와 같은 복수를 커헉헉헉!"

쑤닝은 비장하게 말하다 말고 비명을 질렀다. 뒤에서 나타난 것은 은신한 상태에서 기습을 가한 태현!

"와. 이 자식 단단한 거 봐. 대체 뭘 껴입은 거냐?"

물리 공격 내성에, 치명타 공격 대미지를 반감시키는 효과도 있는 것 같았다. 온갖 버프란 버프는 덕지덕지 다 바른 상황이었음에도, 쑤닝은 안심하지 못했다.

그만큼 막강한 태현의 공격력! 제대로 한 방 맞으니 HP가 쭉쭉 깎였다.

"놈을 막아!"

길마가 발목이 묶이자 다른 길드원들이 우르르 달려들었다.

"좋아하지 마라, 김태현! 넌 오늘 여기서 죽어서 나갈 테니까!"

"네가 그렇다면 그런 거겠지. 물론 네 머릿속에서만."

"흥. 태연한 척하는군. 이건 어떠냐. 곧 여기로 우리와 동맹을 맺은 길드들이 달려올 거다!"

"……!"

그랬다. 쑤닝이 숨겨둔 한 수는 바로 동맹을 맺은 길드들!

동맹을 맺어도 보통 서로 돕는 건 보기 힘든 일이었는데, 태현 하나 잡자고 플레이어들이 몰려오고 있다니.

'뭐 얼마나 골드를 뿌렸길래 동맹을 맺은 놈들이 금세 달려오는 거지?'

태현은 무리하지 않고 뒤로 물러섰다. 지금은 무리할 필요가 없었다.

'나한테 공격을 가할 방법 정도는 갖고 왔겠지.'

"가라! 푸른 혈관의 저주 스크롤!"

-푸른 혈관의 저주!

스크롤을 찢자 푸른 연기가 한 바퀴 돌더니 태현에게 작렬했다.

[푸른 혈관의 저주에 당했습니다. 저항할 수 없습니다. 일정 시간 동안 HP가 감소합니다.]

태현이 저주에 당하는 걸 본 이다비가 비명을 질렀다.

"푸른 혈관의 저주?! 그건!"

"난 괜찮은데. 걱정해 줄 필요는……."

"그건 저번 주 경매에서 820만 원에 팔린 저주인데!"

"……그래. 설명 고맙다."

이다비의 비명은 다른 의미의 비명이었다.

-락타샤의 화살 세례!

"그건 1,250만 원짜리!"

-칼날 이빨 광견 소환!

"말도 안 돼! 790만 원짜리를!"

"……."

신나서 스크롤을 찢던 쑤닝 길드원들은 질린 표정으로 이다비를 쳐다보았다. 어떻게 1원 차이도 없이 가격을 다 맞힐 수가 있지?

듣던 태현은 한숨을 쉬었다. 그리고 그림자 잠수 스킬을 이용해서 이다비와 파워 워리어 길드원 뒤로 이동했다.

"어라?"

"응?"

퍽!

그리고 그들을 앞으로 밀어버렸다. 순식간에 쑤닝 길드원들과 마주하게 된 그들!

"이게 무슨 짓입니까?!"

"너희들도 좀 싸워, 이 잉여들아!"

-주인이여, 주인이여!

그러는 사이 용용이의 다급한 목소리가 들려왔다. 싸우기 전부터 태현은 용용이를 높은 곳에 대기시켜 놓고 있었다.

숨겨놓은 패 중 하나!

만약의 순간에 강력한 딜을 넣을 수도 있고, 기습을 넣을 수도 있으며, 여차할 때는 도주도 가능했다.

-왜 불러?

-오크들이 오고 있다!

-뭐? 얼마나?

-일단 저 지평선 쪽에 보이는 것만 해도 주인이 이끄는 오크들보다 많은 것 같다!

'벌써 왔나?'

태현은 놀랐지만 내색하지 않았다. 생각보다 빠르기는 했지만 어디까지나 예상한 것 아니었는가.

'어떻게 한다……'

현재 상황은 혼란 그 자체였다. 언덕 밑에는 쑤닝 길드원들이 단단히 진을 치고서 몰아붙이고 있었고, 저 멀리서는 오크 군대들이 도착한 상황.

가장 좋은 방법은 무엇일까?

'응?'

태현은 성문을 쳐다보았다. 쑤닝 길드원들이 나오고 나서, 성문은 닫히지 않은 상태였다. 만약을 대비해 성안으로 도망치기 위한 수단!

"……모두 돌격 준비!"

"??"

-아키서스의 축복! 아키서스의 신성 영역!

두 강력한 스킬을 동시에 사용! MP를 막대하게 잡아먹는 만큼 위험한 선택이었다. 그러나 워낙 뺏어서 입은 아이템들이 많아서 아직 견딜 만했다.

"돌격!"

"어, 어디로요?"

"성문 안으로! 성안에 들어가자!"

"????!?!?!?!"

그 시끄럽던 싸움판이 순간 조용해졌다.

"막아! 막으라고!"

"절대 들어가게 해서는 안 돼!"

상식적으로 생각해 봤을 때, 언덕 밑에 잔뜩 깔린 쑤닝 길드원들을 뚫고 성문으로 들어갈 수는 없었다. 쑤닝 길드원들은 처음에는 당황했지만, 사실을 떠올리고 침착해졌다.

그냥 버티기만 해도 적들이 알아서 자멸할 상황!

그러나 전설 직업, 〈아키서스의 화신〉의 전용 스킬들은 절대 만만한 스킬들이 아니었다.

[회피에 성공합니다.]
[회피에 성공합니다.]

"!?"

[행운 저항에 실패합니다. 저주를 받습니다.]

언덕 밑에 있는 쑤닝 길드원들을 밀치고, 태현 일행은 전속력으로 달리기 시작했다.

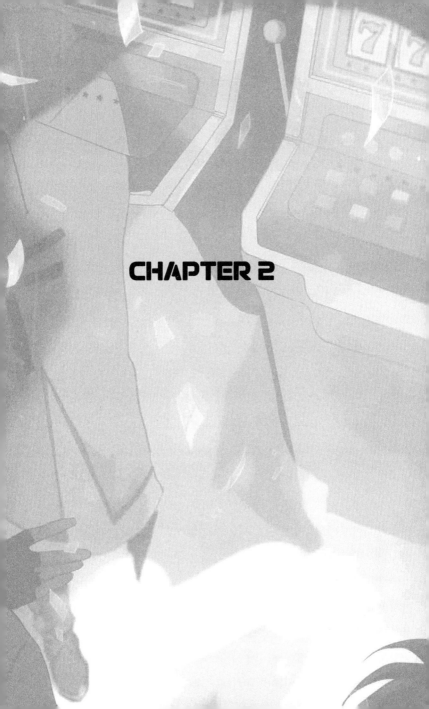

CHAPTER 2

타타타타탁-

"들어가! 들어가!"

발을 묶으려고 공격을 해도 전부 다 회피 판정이 떴다.

당황해서 태현한테 쓰려고 했던 남은 스크롤들을 쓰지도 못했다.

어떻게든 앞으로 움직여서 길이라도 막으려고 했지만, 〈아키서스의 신성 영역〉 스킬은 이런 대규모 전투에서 막강한 위력을 발휘했다.

움직일 때마다 저주!

"으아악!"

"뭐야 이거?!"

그러는 사이 태현 일행은 빠르게 성문 앞에 도착해서 안으로 진입!

"성문 닫아라!"

끼이이익- 콰과쾅!

"……."

쑤닝 길드원들은 귀신에 홀린 표정으로 닫힌 성문을 허망하게 올려다보았다.

사기적인 스킬을 두 개나 써서 탈취해낸 성. 성공적인 결과였다. 다른 방법을 썼다면 쑤닝 길드 상대로 성을 탈취해내지는 못했을 것이다. 그렇지만 태현은 입맛을 다셨다.

'오크 군대가 이제 곧 들이닥치는데 쿨타임 긴 스킬 두 개를 벌써 써버렸어.'

스킬 효과가 강력하기는 했지만, 그만큼 쿨타임도 길었던 것이다. 며칠간은 쓰지 못하는데 아직 가장 큰 적인 오크 군대는 온전하게 남아 있는 상황.

'그래도 어쩔 수 없지.'

태현은 성벽 위로 올라가 아래를 내려다보았다. 스킬을 연달아 쓴 보람이 있는 결과물!

"야 이 ×× ××× ××× ××!"

번역도 안 되는 욕을 해대는 쑤닝 길드원들!

"김태현 이 ××아! 네가 그러고도 무사할 거 같냐? 넌 네 꾀에 네가 빠진 거다!"

쑤닝이 씩씩대며 외쳤다.

김태현이 갑자기 길드원들 사이를 돌파해서 성안에 들어갔을 때에는 당황했지만, 생각해 보니 상황은 그렇게 나쁜 게 아니었다.

"내 꾀에 내가 빠졌다고?"

"그래! 지금 네가 안에 있다고 성이 점령된 거 같냐?!"

"아니. 그건 알고 있는데."

영지를 공성전이든 뭐든 점령하려면 안에서 적들을 몰아내고 일정 시간을 있어야 했다.

[성을 점령하기까지 남은 시간 23: 59]

영지마다 다르지만, 카달타 성은 24시간이 걸렸다. 이렇게 들어가서 성문을 잠근다고 태현이 성에 대한 권한을 바로 갖게 되는 건 아니었다.

"넌 빈껍데기를 갖게 된 거다! 곧 다른 길드원들이 오면 넌 그냥 포위되는 거고! 스스로 무덤을 판 거지!"

"어…… 음. 그래."

쑤닝이 기고만장해서 외치는 걸 보자, 태현은 살짝 미안해지는 걸 느꼈다.

'저러다가 오크들 보면 기절이라도 하는 거 아냐?'

"쑤닝, 그런데 말이야…… 내가 이 성을 갖고 싶어서 이런 거라고 생각하는 것 같은데, 그게 아니거든."

"헛소리하지 마라!"

"진짜야, 인마. 난 내 영지도 지금 제대로 못 돌보는 상황인데 이런 전쟁 벌어진 곳에 또 영지를 하나 얻겠냐? 미치지 않고서야 당연히 아니지."

쑤닝은 픽 웃었다. 태현의 말을 못 믿겠다는 태도였다.

"그래. 어디 한번 떠들어봐라! 이번에는 너도 도망 못 갈 테니까."

다다다다다-

멀리서 지축을 흔드는 소리가 들렸다. 그걸 본 쑤닝이 무릎을 쳤다. 이렇게 크게 소리를 내며 올 놈들은 하나뿐!

"오기 시작하는구나! 김태현, 들리냐? 기사 길드 〈파이어랜스〉다! 이름은 들어봤겠지!"

"말발굽 소리치고는 소리가 좀 이상하지 않냐?"

"무슨 헛소리를…… 어?"

쑤닝은 고개를 돌렸다가 뭔가 이상하다는 걸 깨닫고 눈을 가늘게 떴다.

저 멀리서 달려오는 무리. 기사라고 치기에는 뭔가 겉모습이 두박하고 야만스러웠다.

"췌이이이익!"

"카자크 님의 원수를 갚아라! 췌익!"

정답은 늑대들을 타고 돌진하는 오크 라이더들! 그것도 보통 오크 라이더들이 아니었다. 카라그가 직속으로 부리는 정예 오크 라이더들이었다. 타고 있는 늑대만 해도 두꺼운 가죽에 짙은 검은색 갈기를 갖고 있는 변종 늑대들!

-쿠아아아앙!

[변종 검은 털 늑대가 <짐승의 함성>을 시전했습니다.]

[이동 속도가 내려갑니다. 공격 속도가 내려갑니다.]

콰쾅! 콰콰쾅!

오크 라이더들은 돌진하면서 도끼를 집어 던졌다. 푸른 날을 가진 도끼는 빙글빙글 돌며 쑤닝 길드원들 사이로 날아 들어왔다.

콰직!

"으윽!"

방패로 막아낸 탱커가 신음 소리를 냈다.

"저것들 레벨이 몇이야?!"

"90은 가볍게 넘기는 거 같은데……."

플레이어는 보통 자기보다 레벨이 조금 높은 몬스터까지 잡을 수 있었다. 그렇다 쳐도 저렇게 무리로 달려오는 몬스터들의 레벨이 높다는 건 보통 일이 아니었다. 한 놈을 잡아도 바로 다음 놈이 나오는 게 오크들! 지금이야 숫자가 적지만 언제 늘어날지 몰랐다.

"진형 짜라! 여기서 막아야 해!"

"오크 라이더가 여기 있다는 건…… 오크 군대도 주변에 있는 거 아냐?"

"설, 설마……."

쑤닝 길드원들은 재빨리 성 앞에서 자리를 잡았다. 같이 파티 플레이를 한 경험이 많았기에 동작은 재빨랐다. 탱커들은 앞으로, 딜러들은 그 뒤로, 힐러나 마법사는 가장 뒤에.

콰콰쾅!

"으으으윽!"

탱커들은 비명을 지르며 방패와 무기를 앞으로 밀어냈다. 오크 라이더들이 전속력으로 돌격하면서 부딪히자, 충격이 장난이 아니었다.

[막대한 충격에 잠시 동안 스턴 상태에 빠집니다.]

"아, 안 돼!"

쾅!

스턴 상태에 빠진 중갑 전사에게는 가차 없이 공격이 들어왔다. 그러나 전사가 쓰러지지는 않았다.

캉!

오크 라이더의 공격을 재빨리 받아 치는 뒤의 플레이어! 멋진 콤비 플레이어였다.

"친구야……!"

"후후. 방심하지 말라고."

"하핫. 그래! 고맙…… 커헉?!"

코밑을 훔치던 플레이어는 뒤통수에 화살을 맞고 앞으로 쓰러졌다. 분명 적들은 앞에 있는데 뒤에서 날아오다니?

범인은…….

"휘익~"

성벽 위에 있던 파워 워리어 길드원! 휘파람을 불며 시선을 피했지만 활을 들고 있는 이상 누가 쏜 지는 너무나 명백했다. 쑤닝은 치를 떨며 소리를 질렀다. 정말 먼저 공격을 하고 싶었지만 지금 상황에서는 어쩔 수 없었다.

"너, 너희들 지금 저기 오크들이 안 보이냐? 우리가 쓰러지면 너희들도 무사하지 못할 거라고!"

"쑤닝, 내가 아까 너한테 제안을 했잖아."

"……."

"그때 그냥 아키서스 신전 좀 지이주고 골드만 줬으면 서로 좋았잖아. 그때 네가 날 못 믿어서 이렇게 된 거라고. 이제 와서 다시 손을 잡자고 하면 어떡해? 우리 사이는 이미 끝났어."

한마디로 거절!

"지옥에 떨어져라!!!!"

"지옥에 떨어지면 악마들 사냥도 하고 좋겠네. 신성 스탯도 올릴 수 있겠고."

"오…… 오크들이다!"

비명을 지르는 플레이어들. 오스턴 왕국에서 영지의 단꿈을 꾸던 플레이어들에게는 비상이 걸렸다. 대족장 카라그가 거대한 군세를 이끌고 되돌아온 것이다.

"오크들이 성벽 밑에 쫙 깔렸어요!!"

"야, 시선 마주치지 마! 여기로 오면 어쩌려고 그래!"

"김태현 그 자식이 사기 쳤어! 골드 주고 신전 지어주면 이쪽으로는 안 온다며!"

"정확히는 케인을 데리고 떠나주겠다는 거였는데……."

"너 누구 편이냐?"

"죄송합니다."

카라그는 거대한 머리를 돌리며 주변을 둘러보았다.

"칙. 그새 요새를 빼앗겼나? 인간 놈들도 부지런하군."

"취익! 죄송합니다."

"이번에는 되찾지 못하도록 아예 가루를 내버려라! 주마락. 네게 부대를 줄 테니 성을 함락하도록!"

"칙! 영광입니다!"

⟨오크들을 막아라-공성전 퀘스트⟩

대족장 카라그는 그가 없는 사이 뺏긴 영지들을 내버려 둘 생각이 없다. 다행히 카라그는 다른 이유 때문에 공성전을 직접 지휘하지는 못하지만, 그의 충직하고 유능한 부하가 오크들을 이끌고 공성전을 이끌 것이다.

막아내라. 막아내지 못한다면 죽음뿐!

보상: ?, ???

"으아악! 성벽도 지금 다 못 고쳤는데!"

"성문! 성문으로 와! 전부 성문으로 와서 뭉쳐!"

오스턴 왕국 곳곳에서 비명이 터져 나왔다.

카라그가 직접 이끄는 오크들이 아니었지만 그래도 어마어마한 숫자였다. 제대로 된 방비를 하지 못한 길드들은 막대한 피해를 입어야 했고, 몇몇 길드는 눈물을 머금고 영지를 버리거나 전원 로그아웃 딩해야 했다.

"으랏차!"

그리고 여기. 아랄타 성.

김태산은 거대한 도끼를 휘둘러 성벽 위로 올라온 오크들을 한 번에 베어냈다.

"취익! 대단하다, 저 오크!"

"적이지만 존경할 만하다! 칙!"

아랄타 성은 김태산의 투자 덕분에 방어도가 다른 성보다 더 높은 편이었다. 덕분에 방어하기도 쉬웠다.

촤라라락-!

오크들이 사다리를 놓고 갈고리 달린 밧줄을 던져 성벽을 기어오르기 시작했다.

"스크롤!"

"예!"

이심전심!

김태산과 길드원들은 같이 움직인 시간만 해도 십 년 단위였다. 눈빛만 봐도 서로가 뭘 원하는지 알았다.

-미끄러운 빙결 바닥!

-미끄러운 빙결 바닥!

-미끄러운 빙결 바닥!

바닥을 얼려서 미끄럽게 만드는, 별로 어려운 마법은 아니었다. 군이 스크롤 난사를 해서 쓰는 이유는 하나.

성벽 전체에 깔기 위해서는 MP가 무지막지하게 들었기 때문이었다. 김태산과 아저씨들에게는 그냥 돈으로 해결하는 게 더 쉬웠다.

콰당탕!

오크들이 올라오지 못하고 미끄러지는 게 보였다.

"크핫핫! 너희들이 여기 올라오려면 아직 십년은 이르다! 이놈들아!"

'대단해⋯⋯!'

건축가, 제럴드는 뒤에서 김태산과 오크 아저씨들을 보며 감탄했다. 처음에는 돈만 많고 작명 센스 이상한 아저씨들인 줄 알았는데, 보통 고수들이 아니었던 것이다.

픽!

"?"

김태산은 흰색 깃발이 달린 화살이 날아와 자기 발 앞에 꽂히자 고개를 갸웃거렸다.

"이건 뭐냐?"

"글쎄요?"

편지에는 삐뚤빼뚤한 글씨체로 제안이 쓰여 있었다.

〈오크 군대에 들어오시겠어요?〉

카라그가 이끄는 오크들은 같은 종족인 당신이 보여준 놀라운 강함에 감명을 받았다. 당신이 현재 제안을 받는다면, 당신은 오크 군대 내에서 장군 자리를 받을 수 있다. 갖고 있는 영지는 그대로 보존된다.

보상: ?, ???

김태산의 이마에 깊은 주름이 잡혔다. 원래 이 대륙 퀘스트가 나왔을 때, 오크 군대들에 들어가는 오크 플레이어들은 꽤 있었다. 악한 세력에 가깝지만 그런 걸 신경 쓰는 사람이 오히려 드물었다. 김태산이 들어가지 않은 이유는 하나, 괜히 얻는 거 없이 역으로 피해를 입을 것 같아서였기 때문이었다.

그렇지만 지금 들어온 제안은 너무 좋았다. 영지도 그냥 주고, 장군 자리를 받으면 오크 전사들도 공짜로 생기는 셈.

'장군 자리 받고서 먹튀를 해도 상관이 없는 거 아닌가?'

부전자전!

태현의 먹튀 기질이 어디서 나온 건지 알 수 있었다.

"어떻게 생각하냐, 성규야?"

"그냥 받고 입 싹 씻으면 오크들이 어쩌겠어요?"

"그렇지? 좋아! 받자. 그리고 운이 좋으면……."

"태현이도 잡아서 족칠 수 있겠고요."

"바로 그거야!"

둘의 생각은 완전히 일치했다.

"으악! 크악! 카아아악!"

밖에서 들리는 쑤닝 길드원들의 비명 소리.

그러나 태현은 신경 쓰지 않고 성을 탈탈 뒤졌다.

"아니, 이놈들은 돈도 많은 놈들이 왜 창고에 아무것도 안 채워놓은 거야?"

태현은 뻔뻔하게 불평을 하며 내성 지하를 뒤졌다. 일단 오크들이 이 성으로도 올 것 같으니 기계공학 스킬로 재료를 최대한 활용해서 함정을 만들 생각이었다.

그렇지만 정말 텅텅 빈 창고들!

태현은 입맛을 다셨다. 지금 갖고 있는 폭탄 재료들은 슬슬 바닥이 나고 있었다.

'이걸 여기서 쓰게 될지도 모르겠군.'

태현은 아이템을 확인했다. 〈불의 마수의 숨결〉. 이름만 들어도 화끈한 폭발 아이템! 숨겨둔 비장의 수 중 하나였다.

[높은 행운으로 던전의 숨겨진 입구를 발견합니다.]

"응?"

[발견할 수 없는 던전의 입구를 행운의 힘으로 발견했습니다. 행운이 오릅니다.]

'그건 됐고.'

이제 태현은 행운 스탯이 오른다는 말을 들으면 '또 레벨 업 하려면 경험치가 더 들겠군' 하는 생각밖에 들지 않았다.

더 슬픈 건 이 스탯을 스스로 조절할 수도 없다는 것!

〈아키서스의 변덕〉 패시브 스킬 덕분에 다른 플레이어들보다 훨씬 더 쉽게 스탯을 얻고, 더 많이 얻을 수 있었지만……. 어디까지나 랜덤 배분!

'그나저나 무슨 던전이지?'

태현은 호기심이 생겼다. 던전. 언제나 플레이어의 가슴을 뛰게 하는 단어! 특히 이렇게 성이나 도시 주변에 있는 던전은 모든 플레이어가 탐을 내는 던전이었다. 이른바 역세권이라고 해도 좋을 수준!

도시의 NPC들에게서 쉽게 소모품을 사고, 버프도 받고, 몇 배는 더 유리한 식으로 던전을 공략할 수 있는 것이다.

'……쑤닝 길드는 이걸 몰랐던 거 같은데.'

메시지창에 뜬, '발견할 수 없는 던전'도 그렇고, 여기 주변에 온 흔적이 전혀 없는 것도 그렇고. 쑤닝 길드는 이 던전에 대해서는 전혀 모르는 모양이었다. 알았다면 피눈물을 두 배로 흘렸을 것!

'아니…… 지금 무슨 던전인지가 중요한 게 아니지.'

태현은 바로 다른 사람들을 불렀다. 지금 중요한 건 이 던전이 어떤 던전이느냐가 아니라, 지하에 던전이 있다는 사실 자체! 보통 던전의 출구는 입구와 다른 곳에 있었다. 그렇다면 이 던전을 따라서 출구로 가면, 이 성에서 벗어날 수 있다는 것. 밖에 있는 쑤닝 길드와 몰려오는 오크들을 두고 도망칠 수 있는 절호의 기회였다.

"뭡니까?"

"이 주변 다 치우고 여기로 들어가자! 던전 찾았다!"

"네? 무슨 던전인데요?"

"그게 지금 중요하냐? 너 오크들 상대하고 싶어?"

"그, 그건 아니지만……."

다른 사람들은 태현의 단호한 말에 일단 던전의 입구로 들어가기 시작했다. 무슨 던전인지는 모르는 채로…….

"확실히 난이도가 높은 던전입니다."

스미스는 그렇게 말하며 앞에 달려드는 고대 제국의 전사에게 칼을 휘둘렀다. 주무기인 랜스를 쓰지 않고 칼을 썼지만, 스미스는 걸어 다니는 인간 전차 그 자체였다. 공격은 막강한 방어력으로 다 막아내고, 반격은 복잡한 스킬 연계가 아닌 평타한 방 한 방을 꽂아 넣었다.

그런데도 무너지는 적 몬스터들!

좋은 직업과 좋은 장비, 좋은 스킬과 좋은 스탯 분배까지. 모범적인 캐릭 성장의 예시 그 자체였다. 비교적 좁은 공간이라는 건 문제도 되지 않았다. 스미스야 쉽게 쉽게, 마치 산책하는 것처럼 던전을 나아갔지만, 〈검은 바위단〉의 길드원들은 그러지 못했다.

"헉, 헉헉……."

"잠깐만요! 회복 좀 하고 가겠습니다!"

따라오던 길드원들은 사제들에게 힐을 받으며 한숨을 돌렸다. 대부분의 적들을 스미스가 상대했는데도 HP가 위험할 정도로 깎여 있었다. 이 던전은 단순히 적의 레벨이 높은 게 문제가 아니었다. 적이 많이, 빠르게 나타나는 것도 나타나는 거지만 싸움 방식 자체가 악랄하고 집요했다. 어떻게든 최대한 안 맞으려고 해도 맞을 수밖에 없는 상황!

갑자기 벽이 열리더니 벽 뒤에서 튀어나오고, 땅 밑에서 기어 나오고, 스미스한테 날린 마법이 튀어서 그들한테도 날아오고…….

"스미스 없었으면 못 깼겠는데?"

"스미스가 뭐냐! 스미스 님이지!"

어느새 〈검은 바위단〉 길드원들은 모두 다 스미스를 찬양하고 존경하고 있었다. 솔선수범해서 가장 앞에 나서고, 레벨이 높고 최상위 랭커인데도 잘난 척하지 않는 친절한 성격. 리더 그 자체!

"지도 만들고 있지?"

"넵. 여기, 여기, 여기 체크했고. 이대로 가면 한 시간 안에 다음 층으로 갈 수 있을 것 같습니다."

"길 진짜 복잡하네. 이거 누가 만든 건지…….

판타지 온라인 2의 던전은 간단한 지형이 드물었다. 복잡한 던전을 깰 때는 이렇게 지도를 만드는 것도 중요한 일! 오죽하면 인기 좋은 던전의 조건 중 하나가 쉬운 지형일까.

"이렇게 가면 시간이 너무 걸릴 것 같은데, 다른 방법은 어떻습니까?"

"네? 다른 방법이요?"

"네."

"스미스 님께서 좋으신 방법이라면 저희도 좋…….

콰콰쾅!

말이 떨어지자마자 스미스는 랜스로 무기를 바꿔 들더니 그대로 벽에 꽂아버렸다. 그러자 박살이 나는 벽!

두꺼운 고대 벽돌로 처리가 되어 있어서 어지간한 공격이나 마법에도 흠집이 없었는데, 그대로 구멍이 뚫려 버렸다.

"일직선으로 갑시다."

"……."

뭔가 막 나가지만 멋있어!

그렇게 생각하며 검은 바위단은 뒤를 따랐다.

-죽은 자의 눈.

스미스와 검은 바위단이 정공법으로 던전을 뚫는 동안, 이세연은 다른 방법으로 던전을 뚫고 있었다. 혼자 왔지만, 그녀는 서버 최고의 네크로맨서. 네크로맨서는 혼자 다녀도 혼자 다니는 게 아니었다.

차르륵!

검붉은 눈이 허공에 수십 개 생겨나더니, 빠르게 날아갔다. 그리고 공유되는 시야! 별거 아닌 것 같아 보이지만 이런 던전을 깰 때는 거의 치트 수준으로 편한 마법이었다.

부우웅!

날아다니는 눈을 본 고대 제국의 전사들이 빠르게 화살을 쏘거나 검을 휘둘렀지만, 날아다니는 눈은 수십 개가 넘었다. 공격을 피하거나, 피하지 못하더라도 다른 눈이 돌면서 길을 파악했다.

"이렇게, 이렇게…… 아하. 이런 식으로 가면 되겠네."

이세연은 휘파람을 불며 발걸음을 옮기기 시작했다.

-침입자ㄷ…… 컥!

-어둠의 화살.

초보자 네크로맨서도 쓰는 마법이었지만 이세연이 쓰자 위력이 달랐다.

고대 제국의 전사는 그대로 몸통이 뚫려 쓰러졌다.

-영혼의 속박!

바로 전신의 색이 변하더니 붉은 안광을 뿜어내며 일어나는 고대 제국의 전사!

-동료여! 이러면…… 컥!

-배신하는 것이냐!

순식간에 적의 편이 되어버린 동료의 모습에 고대 제국의 전사들은 분노했다. 그러나 이세연의 마법 쇼는 이제 막 시작되었을 뿐이었다.

-타오르는 검은 혼. 영겁의 심연. 저주가 묻은 검.

삼 연속 언데드 버프 주문! 순식간에 고대 제국의 전사는 어지간한 데스 나이트 뺨은 후려갈길 정도로 강해졌다.

콰쾅! 콰콰콰쾅!

통로는 빠르게 정리되었다. 충직한 노예가 된 고대 제국의 전사는 동료들을 쓸어버렸다. 스미스와는 다른 방향이지만, 압도적인 건 이세연도 마찬가지였다. 현재 판타지 온라인에서 레벨 100을 넘기면 어깨에 힘을 주고 다녀도 됐다. 그 정도면 랭커와 큰 차이가 없는 고렙이었으니까.

사실 레벨이 차이가 나도 스킬, 스탯, 아이템만 있으면 더 강해질 수 있는 게 판타지 온라인이었기에 그 정도에서는 레벨 낮은 사람이 레벨 높은 사람을 이기는 경우가 종종 보였다. 아직도 레벨이 60대에서 멈춰 있는 태현은 몰랐지만, 이미 케인은 태현을 따라다니면서 잃은 걸 다 회복하고 레벨 100을 넘긴 지 오래였다.

그 정수혁도 엄청난 속도로 성장을 해서 현재는 레벨 100을 거의 바라보고 있는 상황. 심지어 이다비도 나름 레벨 100을 넘긴 플레이어였다. 직업이 상인 계열이지만…….

태현이 다른 사람의 성장에 무관심해서 그렇지, 이 사실을 알게 된다면 억울해서 뒷목을 잡을 사실이었다. 그러나 이세연이나 스미스같은 최상위 랭커들은 레벨이 150을 돌파했다고 알려져 있었다. 그야말로 레벨 경쟁에서 가장 앞을 달리고 있는 플레이어들이 바로 그들!

'그런데 김태현은 레벨이 몇일지 궁금하네.'

지팡이를 휘두르며 이세연은 그렇게 생각했다.

스미스와 검은 바위단은 정공법으로. 이세연과 그녀의 언데드 군단은 마법으로. 각자의 방식으로 던전을 공략하고 있었다.

그렇다면 태현 일행은?

-신의 예지. 신의 예지. 신의 예지.

[신의 예지로 가장 좋은 길을 찾아냅니다. 신의 예지 스킬 레벨이 오릅니다.]

오로지 믿을 것은 행운뿐!

검은 바위단이나 이세연은 이 던전이 얼마나 위험한 던전인지 잘 알고 있었다. 여기 오기 전에 사전 퀘스트를 몇 개나 깬 것이다. 그러나 태현 일행은 그냥 어쩌다가 들어온 사람들! 이 던전이 어떤 던전인지 알지 못했다.

"여기 던전 레벨 몇쯤 될까?"

"글쎄. 오스턴 왕국에, 성 지하에 있으니까 레벨 좀 낮을지도 모르겠는데."

파워 워리어 길드원들은 그렇게 떠들며 태현의 뒤를 따랐다.

뚝-

"여기서 이 문으로 들어가자."

"네? 아무리 봐도 직진 아닙니까?"

"그리고 저건 문이 아닌데? 그냥 벽에 난 구멍 아냐?"

태현이 넓은 통로를 두고 옆에 난 조그만 개구멍을 가리키자, 파워 워리어 길드원들이 고개를 갸웃거렸다.

"네가 길마냐?"

"……제가 먼저 들어가겠습니다!"

강자에게 약하고 약자에게 강한 것이 파워 워리어 길드! 이다비는 길드원들의 모습을 보고 창피하다는 듯이 시선을 피했다.

스르륵, 스르륵-

-위대하신 태현 님. 저희는 들어갈 수가 없습니다…….

"아. 그래?"

날개 악마들이 그 덩치 때문에 곤란스러움을 표하자, 태현은 간단하게 대답했다.

"성으로 올라가서 조각상인 척하고 있어."

"선배님, 제가 마법으로 덩치를 줄여볼까요?"

정수혁이 말했지만 태현은 못 들은 척을 했다. 이런 곳에서 정수혁의 마법은 그 무엇보다 두려운 시한폭탄!

"아니야. 성으로 올라가서 조각상인 척하고 있어."

-…….

"어차피 아무도 모를 거야."

성을 점령한 지 얼마 안 되었기에 가고일처럼 생긴 조각상 몇 개가 추가되었다고 해도 눈치챌 사람은 없었다.

"내가 신호 보내면 돌아오라고."

-예…….

악마들은 떨떠름한 표정으로 위로 올라갔다. 그걸 본 용용이가 고소하다는 듯이 말했다.

-몸을 줄이지도 못하다니, 역시 악마들은 능력이 없는 놈들이다.

"너도 엄밀히 따지면 몸을 줄일 수 있는 게 아니라, 강제로 줄여진 거 아닌가……?"

-그런 건 넘어가자, 주인이여!

이쨌든 악마들을 제외한 나머지 인원들은 개구멍으로 들어가 기어가기 시작했다. 플레이어, NPC, 오크들까지 일렬로 기어가는, 어찌 보면 우스꽝스럽고 희한한 모습!

태현한테 익숙한 케인이나 정수혁은 입을 다물고 태현을 따랐지만, 나머지 플레이어들은 속으로 대체 태현이 왜 이러나 싶었다.

'왜 멀쩡한 길 두고 여기로 가는 거야?'

'몰라. 김태현이니까 생각한 게 있겠지.'

'우리 김태현 따라온 게 잘한 거 맞을까?'

길을 가던 정수혁은 좁은 개구멍 통로 벽에 무언가 새겨져 있는 걸 발견했다.

[고대 제국의 문자를 발견했습니다.]

[관련 스킬이 없어서 해석할 수 없습니다.]

"선배님, 여기 고대 제국의 문자가 있다는데요."

"누가 새겼나 보지. 읽을 수 있는 사람 있나?"

아무도 없었다.

"그럼 내버려 두고 가자. 지금 일단 움직여야 해. 좀 있으면 위에 오크들이 몰려올 거라고."

"……!"

태현의 말에 플레이어들은 지금 상황을 깨달았다.

최대한 빨리 여기서 벗어나는 게 목숨에 좋을 것!

다시 기어가려던 태현은 멈칫했다. 그 덕분에 뒤에 따라오던 케인은 태현의 신발에 얼굴을 박았다.

"야 이 개……."

'잠깐, 그런데 고대 제국의 문자가 새겨져 있는 던전이면…… 뭐 하는 던전이지?'

호기심이 생겼지만 일단 이 통로에 계속 있고 싶지는 않았다. 움직여야 했다. 일행의 가장 뒤에는 정수혁을 따르는 오크 부족들이 있었다. 가장 마지막에 붙어서 따라오는 오크는 눈을 깜박이며 벽에 새겨진 글자를 보았다.

그리고 혼자 중얼거렸다.

"취익, 이런 길을 지름길이라고 써놓다니. 이걸 만든 놈은 이상한 놈이다."

그렇게 세 세력은 자기도 알지 못하는 사이 던전의 중앙으로 레이스를 펼치고 있었다. 그리고 가장 먼저 부딪힌 건 스미스와 이세연이었다.

[어둠의 스킬이 당신을 간파하는 것을 느낍니다.]

[태양의 힘으로 스킬을 간파해 냅니다.]

"……!"

스미스는 번개같이 몸을 돌리며 스킬을 날렸다. 검기가 뿜어지며 허공에 있던 검은 눈을 쪼갰다. 눈부실 정도로 빠른 속도였다.

"뭡니까?!"

이제까지 태연하게 걷던 스미스가 이렇게 급하게 움직이자, 검은 바위단 길드원들은 당황했다.

"적? 적이 있어요?"

"어디 있죠?"

"이건 적이 아니라……."

스미스는 눈썹을 찌푸렸다. 이 마법은 어디서 본 적 있었다. 다른 사람이 똑같은 마법을 쓴 걸 수도 있었지만, 스미스의 직감은 아니라고 말하고 있었다.

"여기 보상이 〈잊혀진 망자의 왕관〉이라고 했습니까?"

"네."

"네크로맨서용 아이템이니…… 여러분. 여기에 이세연이 있을 수도 있습니다."

"네?!"

검은 바위단 길드원들은 깜짝 놀랐다. 이세연이라니. 왜 갑자기 이세연? 스미스가 여기 있는 것도 놀라운데 이세연까지 있다니.

랭커들이 부딪히는 경우가 적다는 걸 감안했을 때 정말 놀라운 일이었다.

-길마님. 여기 이세연이 있을 수 있다는데요?

-어떻게 할까요?

검은 바위단 길드원들은 재빠르게 상황을 파악하고 대처하려 들었다. 검은 바위단 길마는 말했다.

-〈잊혀진 망자의 왕관〉을 갖고 싶기는 한데, 기껏 부른 스미스를 우리 욕심 때문에 이세연과 싸우라고 할 수는 없지. 물러나.

그러나 그들은 스미스의 성격을 오해하고 있었다. 검은 바위단 길드원들이 말하자 스미스는 단호하게 말했다.

"그럴 수는 없습니다."

"예?"

"이세연 때문에 물러날 수는 없습니다. 저는 이세연에게 밀리는 플레이어가 아닙니다."

"아니, 그런 이유 때문이 아니라…… 그냥 저희 욕심 때문에 여기 오셨는데 위험을 겪게 할 수는 없다는 겁니다."

"그런 위험은 언제나 겪는 위험입니다. 그리고 저는 이세연한테 지지 않습니다. 이세연 때문에 물러날 생각은 조금도 없습니다."

스미스는 구성욱의 손을 잡았다. 그리고 다른 길드원들의 손을 잡았다.

"그리고 제게는 여러분들이 있잖습니까."

"……!"

눈부심! 잘생긴 얼굴과 인성! 검은 바위단 길드원들은 울컥하고 올라오는 걸 느꼈다.

"끝까지 따라가겠습니다!"

"좋아요! 스미스가 이세연보다 위라는 걸 보여주자고요!"

검은 바위단의 마법사 플레이어들은 이세연의 위치를 찾기 위해 마법을 펼쳤다.

그러나…….

[검은 오라에 의해 마법이 차단됩니다.]
[대미지를 입습니다.]

"끙……."

역시 마법으로는 이세연에게 상대가 되지 않았다. 결과를 들은 스미스는 고개를 저었다.

"찾을 필요 없습니다."

"네? 이세연이 우리 위치를 알고 있다면 우리도 파악을 해야……."

"그럴 필요 없으니 하는 말입니다. 우리는 전속력으로 던전의 중앙으로 갑니다. 먼저 〈잊혀진 망자의 왕관〉을 찾고, 얻으면 던전을 나갑니다. 도중에 이세연이 나타나면 물리칠 뿐입니다."

정공법 그 자체. 그러나 지금 상황에서는 확실히 맞는 말이었다. 검은 바위단 길드원들은 고개를 끄덕였다.

"좋습니다! 갑시다!"

'조금 더 시간을 끌 수 있을 줄 알았는데.'

이세연은 아쉽다는 듯이 마법을 취소했다. 스미스와 이름은 모르지만 실력은 확실한 플레이어들. 만만한 상대는 아니었다. 무엇보다 이세연은 혼자였으니까.

그렇지만 그녀에게 유리한 점도 있었다. 그녀는 정보를 갖고 있었다. 스미스가 어디에 누구와 같이 있는지. 이건 매우 중요했다. 그녀가 원하는 순간에 공격을 할 수 있었으니까.

"저, 저 바보가 뭐 하는 거야?!"

쾅! 콰콰쾅!

스미스는 본색을 드러냈다. 이제 벽이 아니라 암반이 나와도 앞에다가 랜스를 박아댔다. 길은 찾는 게 아니라 만드는 것이다!

이세연은 그 모습을 보고 질색을 했다. 무식했지만 효과적인 방법이었던 것이다.

'이대로 가면 늦으려나? 안 되겠다. 직접 나서서 발을 묶어야 겠어.'

"전사들입니다!"

"상대를 부탁드립니다. 저는 여기 길을 뚫겠습니다."

"예!"

검은 바위단 길드원들은 충직하게 외치며 진을 짰다. 고대 제국의 전사들과 싸운 경험은 이미 충분했다.

이제 어떻게 싸워야 할지 알았…….

"커헉?!"

고대 제국의 전사가 휘두르라는 칼은 안 휘두르고, 입에서 거대한 가시를 쏘아내자 길드원은 기겁했다.

"……!"

스미스가 그걸 보고 깜짝 놀라서 외쳤다.

"이세연입니다!"

"네?"

구구구궁…….

콰쾅!

-시체 대폭발!

고대 제국의 전사가 굉음을 내며 터져 나갔다. 안쪽에서부터 터져 나가는 강력한 폭발!

-고대 제국의 방패!

그러나 스미스도 만만치 않았다. 바로 앞으로 나서며 스킬을 사용했다. 크게 폭발했는데도 검은 바위단 길드원 중 아무도 다치지 않았다.

"바, 방금 무슨 일이 있었던 거야?"

"이게 무슨⋯⋯."

검은 바위단 길드원들은 황망한 목소리로 중얼거렸다.

몇 초도 걸리지 않아서 일어난 수준 높은 공방전!

이세연이 위장시킨 언데드 몬스터를 보내서 자폭을 시키고, 그걸 눈치챈 스미스가 스킬로 완전히 막아낸 것이다.

"이세연, 비겁하지 않습니까!"

"비겁하기는 뭐가 비겁해? 네크로맨서 스킬인데?"

멀리서 들리는 목소리. 이세연의 위치는 찾을 수 없었다.

"싸우고 싶다면 나오십시오. 상대해 드리겠습니다!"

"뭐래. 정면 승부하면 너만 좋은 일이잖아."

맞는 말은 맞는 말!

스미스의 얼굴이 살짝 붉어졌다. 원래는 볼 수 없는 반응에 검은 바위단 길드원들은 놀라워했다.

이세연에게는 명백히 다른 모습을 보이는 스미스였다.

"잊혀진 망자의 왕관은 나한테 양보하는 게 좋을 거야."

"그럴 생각은 전혀 없습니다. 당신이야말로 물러나는 게 좋을 겁니다."

"판타지 온라인 1때 나한테 털린 게 기억 안 나?"

"그때는 그때. 지금은 지금입니다. 지금 싸웠을 때 질 생각은 전혀 없습니다."

스미스는 울컥해서 말했다. 치사하게 과거 일을 말하다니.

"'그때는 그때'라니. 부끄러워서 닉도 바꾸고 완전히 다른 사람인 척하고 있잖아."

"……싸우고 싶으면 나오십시오! 어디 한번 붙어봅시다!"

스미스가 크게 외쳤지만 이세연의 대답은 돌아오지 않았다. 평소에는 친절한 성격으로 명성이 높은 스미스였지만, 이세연의 말은 그의 약점을 제대로 찔렀다.

판타지 온라인 1에 있었던 일! 이세연의 랭킹 1위였으니, 그녀한테 진 거 자체는 그렇게까지 부끄러운 일이 아니었다.

스미스가 닉을 바꾸고 완전히 다른 사람인 척을 하는 이유,

그것은 바로…… . 성기사를 들고 대장장이한테 깨진 랭커가 바로 그였기 때문!

그리고 그걸 아는 사람은 몇 명 되지 않았다.

'그런데 스미스는 김태현이 판온 1의 김태현일 수도 있다는 건 전혀 생각하지 않고 있으려나?'

이세연은 그렇게 생각하며 움직였다. 그랬다. 이세연이 이렇게 스미스에게 말을 거는 이유는 하나. 시간 끌기!

이세연의 스타일은 여러모로 태현과 닮아 있었다. 수단과 방법을 가리지 않는 냉정함!

"이세연! 나오라고 했습니다!"

"뒤에 길드원들 있잖아? 왜 내가 나가야 해?"

"저만 싸우겠습니다. 어디 한 번 나와 보십시오!"

"그 자신감이 대단해서 칭찬해주고 싶기는 한데…… 내가 이겨. 안 싸워 봐도 알지."

"어디 말을 함부로 하는 겁니까! 한번 붙어보자고 했습니다!"

"네 스타일이야 뻔하잖아. 완전 교과서라니까. 판온 1 때도 그렇지만 너는 내 손바닥 위에 있어. 그냥 읽히는 수준?"

스미스는 정석 그 자체였다. 힘으로 밀어붙이는 정공법은 상대하기 어려운 사람들에게는 공포였지만, 이세연처럼 동급의 힘을 가진 플레이어에게는 읽기 쉬울 뿐이었다.

"그러니까 한번 붙어보자는 겁니다!"

"싫어."

"왜입니까!"

"이렇게 말하는 사이 나는 벌써 거리를 벌렸으니까."

"!!"

당했다!

스미스는 얼굴을 다시 붉히고 검을 들었다. 그러고는 길드 원들에게 말했다.

"죄송합니다! 제가 실수를 했습니다."

이세연에게 또다시 당하다니. 스미스는 분노와 부끄러움으로 입술을 깨물었다.

"괜, 괜찮습니다."

"이 정도 해주시는 것도 저희는 고마운걸요!"

길드원들의 격려가 더 마음에 아프게 와닿았다.

'뭐하는 짓이냐! 다시는 이렇게 안 당하기로 결심했는데!'

스미스는 그렇게 자신을 자책하며 다시 길을 만들기 시작했다. 그러나 스미스는 알지 못했다. 이 던전에 그의 트라우마를 만든 플레이어가 한 명 더 있다는 것을.

이세연은 휘파람을 불며 느긋하게 던전의 중앙으로 들어갔다. 녹인 황금으로 장식된 문이 손짓 한 번에 열렸다.

이세연은 스미스를 상대하는 걸 좋아했다. 강해서 상대하는 맛이 있고, 무엇보다……. 그녀가 언제나 이겼으니까!

이세연은 직감적으로 느끼고 있었다. 스미스는 절대 그녀를 이길 수 없다는 것을.

'고지식 그 자체야. 자체.'

저런 식이면 약한 플레이어는 얼마든지 학살할 수 있겠지만 이세연처럼 유연한 플레이어를 이길 수는 없었다.

"자. 그러면……."

이세연은 발걸음을 멈추고 넓은 홀 안을 둘러보았다. 분명 마지막 관문이니 함정이 없지는 않을 것이고, 보스 몬스터도 어딘가에 잠자고 있을 것이다. 〈잊혀진 망자의 왕관〉을 얻는 순간 보스 몬스터가 일어날 가능성이 높았다.

'빠르게 얻고 빠르게 나가는 게 가장 효과적이겠지?'

이세연은 그렇게 생각하며 홀 안을 세세히 훑어보았다. 중앙에 있는 왕좌에는 황제처럼 생긴 사람의 동상이 있었다. 정체를 알 수 없는 금속으로 만든 동상은 한눈에 봐도 범상한 물건이 아니었다.

그리고 그 위에 있는 왕관! 투박한 디자인의 왕관이었다. 그렇지만 이세연은 한눈에 알아봤다. 저게 바로 〈잊혀진 망자의 왕관〉이라는 것을.

'······바로 집으면 안 될 것 같아.'

이세연뿐만 아니라 대부분의 플레이어들이 여기서는 비슷한 판단을 할 것이다. 어렵고 힘든 던전의 마지막 관문에서, 이렇게 대놓고 아이템을 준다고?

당연히 함정! 집는 순간 뭔가 일어날 게 분명했다.

'아직 스미스는 오려면 멀었고, 언데드들을 시켜서 왕관을 잡아오게 해야겠다. 일단 주변에 뭐가 있는지 탐지 마법을 걸고, 스크롤을 쓰면······.'

복잡하게 계획을 세우며 준비를 하는 이세연의 귓가에, 무슨 소리가 들려왔다.

부스럭부스럭! 퉁-

"······?"

이세연은 고개를 옆으로 내밀어 왕좌의 뒤를 쳐다보았다. 뭔가 이상한 소리가 왕좌 뒤에서 나고 있었다.

"아. 젠장. 너무 좁네, 여기. 스킬이 제대로 가르쳐 준 거 맞아?"

"야! 빨리 올라가! 흙 떨어진다고!"

불평하면서 올라오는 태현! 그 밑에서 태현의 신발이 털어내는 흙을 맞으며 퉤퉤 하는 케인!

거지꼴이 된 태현 일행이 우르르 기어서 올라오고 있었다. 스미스와 이세연이 눈부신 전투를 펼치는 동안 개구멍으로 나 있는 통로를 따라 바로 중앙으로 와버린 일행들이었다.

"던전인데 몬스터도 없고……."

"난 좀 싸우고 싶었는데 말이야."

"근데 왜 위에 안 올라가냐?"

"몰라. 네가 물어봐."

"싫어…… 김태현 무섭단 말이야……."

파워 워리어 길드원들은 위의 플레이어들이 안 움직이자 자기들끼리 떠들어댔다. 위의 상황은 전혀 모르는 채로!

만약 알았다면 바로 후진해도 이상하지 않았을 상황.

"……김태현?"

"?!"

깜짝 놀란 건 태현과 케인도 마찬가지였다. 아무도 없다고 생각했는데 누군가가 말을 걸다니.

"김태현 맞지?"

"그러면 누구겠…… 컥!"

오랫동안 바닥을 긴 덕분에 짜증이 난 케인이 시큰둥하게 대답을 하려다가, 태현한테 명치를 맞았다. 그러나 태현은 표정 하나 변하지 않고 친절한 목소리로 대답했다.

"사람 잘못 보신 것 같습니다."

"……."

순식간에 싸늘해진 분위기!

이세연은 천천히 입을 열었다.

"지금 이 상황이 어떻게 된 건지 정말 궁금한데…… 그리고 내가 그쪽을 만나면 무슨 소리를 할지 정말 오랫동안 생각을 하기도 했고……."

말만 들으면 무슨 헤어진 연인 같은 애틋함!

그러나 태현은 저 말 속에 숨겨진 진실을 알고 있었다. 한마디로 오랫동안 품어온 원한이라는 것 아닌가!

케인이 옆에서 소곤거렸다.

"뭐야, 네 여자친구야?"

"멍청한 놈아. 이세연이잖아."

"?!?!?!?!?"

케인은 기겁해서 펄쩍 뛰려고 했다. 어쩐지 태현이 어울리지도 않는 존댓말을 써서 이상하다고 생각했는데, 이세연이었냐?!

'근데 이세연하고는 무슨 관계지? 만난 적 없지 않나?'

태현은 한숨을 푹 쉬었다. 여기서도 가면을 쓰고 다녔어야 했는데……. 이런 던전 구석진 곳에서 이세연 같은 사람을 만날 줄 누가 알았겠는가!

"그래서 김태현 맞지?"

"그래. 맞다."

더 이상 거짓말은 의미가 없다는 걸 깨달은 태현이었다. 예의 바르게 하던 존댓말도 어딘가로 사라지고 평소의 태도로 돌아왔다.

"저번에는 왜 거짓말을 했어?"

"기억이 안 나는데……."

"만났을 때 김대현이라고 하지 않았나?"

"내가 좀 부끄러움이 많아서 그랬지."

"……."

무언의 압박! 이세연은 말없이 태현을 빤히 쳐다보았다.

"그리고 레드존 길드하고 한바탕 치고받고 난 뒤라서 이름을 좀 숨겨야 했지."

"아. 그래?"

이세연은 태현 옆을 가리켰다.

"그런데 저 사람은 전 레드존 길마 아냐?"

"……그렇지……."

"저렇게 따르게 할 수 있으면서 신분을 숨겨야 했다고?"

"그때는 그랬거든?"

"……김태현…… 내가 지금 무슨 생각 하고 있게?"

뭔가 의미심장하게 말을 끄는 이세연!

태현은 가슴이 오랜만에 빠르게 뛰는 걸 느꼈다.

"이 대화가 재미없으니 대충 끝내고 가야겠다고 생각하고 있나? 괜찮아. 이해하니까."

"아니. 우리가 판타지 온라인 1에서 만난 적이 있는 것 같다는 생각을 하고 있었어."

"착각 같은데."

"아니야. 착각 아닌 깃 같아. 요즘 계속 생각을 했었는데, 직접 마주 보니까 정말로 맞는 것 같아."

옆에서 듣는 케인은 고개를 갸웃거렸다. 지금 둘이 무슨 대화를 하고 있는 거지?

"내가 무슨 말 하는 건지 알지?"

"모르겠는데."

태현은 이미 느끼고 있었다. 이세연은 확신한다는 것을!

'들켰군, 젠장.'

"그런데 여기는 무슨 일로?"

"그냥…… 이것저것…… 구경도 하고…….

"김태현. 우리 길드에 들어올래?"

"!!!!"

케인은 화들짝 놀랐다. 그 이세연의 길드에 넣어준다고?!

"당연히 들어가야…… 컥!"

케인을 다시 입 다물게 하고, 태현은 대답했다.

"안 들어가겠다고 한다면?"

"아쉽지만 어쩔 수 없겠지?"

"……."

태현은 케인한테 귓속말을 보냈다.

-싸울 준비 해라.

-뭐?! 이세연인데!?

-이세연이 너 죽인다고 하면 그냥 죽을 거냐?

-그건 아니지만…….

-밑에 있는 놈들 전부 잘 들어라. 거기서 대기하고 있다가 상황 봐서 빠르게 튀어나와. 던전 출구는 저 홀 끝에 있는 세 번째 방이다.

이 상황에서도 태현은 신의 예시로 출구를 파악하고 있었다.

-알겠어요! 그런데 대체 무슨 상황이…….

이다비의 말을 끊고, 태현은 본론으로 돌아왔다.

-전력으로 덤벼. 나도 공격 들어갈 테니까.

-으, 네크로맨서용으로 세팅 좀 해놨어야 했는데…….

케인은 입맛을 다셨다. 이세연을 상대해야 한다니.

'아니, 이 멍청한 자식은 이세연이 길드 들여보내 준다는데 왜 안 들어가는 거야!? 배가 불러가지고!'

케인도 나름 이세연을 동경하는 플레이어 중 하나! 그런 이 세연이 자기 길드에 태현을 넣어준다는데! 왜 이리 뻗대는 거란 말인가!

"둘이 갑자기 조용해진 거 보니까 싸울 준비하나 봐?"

"하하. 그럴 리가."

"그렇지? 내가 오해했나?"

이세연은 웃으면서 말했다.

"내 길드에 들어오라는 제안이 좀 무례하게 보일지 몰라도, 정말 좋은 제안일 거야. 내가 부길마 자리 제안한 거 알면 다른 애들은 기겁할걸?"

"부길마래! 부길마라고!"

"너 명치 한 대 더 맞고 싶냐?"

"……."

케인은 조용히 찌그러졌다.

'나 시켜주면 잘할 수 있는데!'

"그리고 지금 네 상황이 그렇게 좋지 않다는 것도 알았으면 좋겠어. 내 길드에 들어오라는 건 너를 걱정하는 것도 어느 정도 있어서야. 네가 다른 사람들한테 맞고 다니는 건 별로 보고 싶지 않거든."

"그건 또 무슨 소리야?"

"역시 모르고 있었구나? 요즘 대형 길드들끼리 연합하고 있는 거."

"길드들끼리 뭉치는 건 언제나 있는 일일 텐데? 그리고 그게 나와 무슨 상관이라고?"

"그야 그 길드들끼리 뭉치게 된 데에는 네 탓도 어느 정도 있으니까 그렇지?"

원래 알아서 잘 먹고 잘살던 대형 길드들이었다. 그런 그들이 왜 갑자기 서로 뭉치게 되었는가? 최근에 있었던 일에서 몇 번이고 실패를 겪었기 때문! 꼭 태현뿐만 아니라, 실력 있는 플레이어들이나 소형 길드에게 퀘스트를 뺏기거나 던전을 뺏긴 대형 길드들은 매우 불만이 많았다.

-우리 길드가 덩치는 커도 요즘 나오는 이익이 별로 없어.
-갖고 있는 게 많으니까 그렇지. 관리해야 하는 던전이 많으니까 길드원들이 다 나서도 어느 곳 한 군데는 뚫리게 되어 있다니까.
-다들 겁이 없어가지고…… 보복을 한다고 해도 그냥 공격을 하니까 문제지. 솔직히 보복을 한다고 해도 그냥 다른 곳으로 도망쳐 버리면 찾는 것도 일이라고.
-아예 뭉치는 건 어떨까? 다른 길드들과 경쟁에서도 유리하고, 갖고 있는 거 관리하는 데도 더 유리할 거 아냐.

그 결과 삼삼오오 뭉치게 된 대형 길드들!
"뭐야. 나 때문 아니잖아? 나 혼자 방해한 것도 아닌데 왜 나 때문이야?"
설명을 들은 태현은 심드렁하게 대답했다. 그러나 이세연은 단호했다.
"아냐. 너 때문이 가장 커."
"……."
"너한테 당한 길드들이 제일 많거든. 어쨌든 당장은 무슨 일이 없겠지만 연합하는 길드 중에 너한테 원한 가진 길드들이 많은데, 걔네들이 연합하면 어떻게 될지 상상이 가지?"

태현은 속으로 혀를 찼다. 생각해 보니 저런 연합의 징조는 이미 나타나고 있었다.

쑤닝과 다른 길드들의 연합! 대형 길드 단독으로 힘이 부족하다는 걸 느끼자 저렇게 연합을 하기 시작한 것이다.

'그리고 거기 대부분이 날 싫어하겠지.'

태현한테 뺏기거나 당한 길드들이 연합을 하면 누굴 먼저 공격할지 상상이 갔다.

태현이 생각에 잠기자, 이세연은 손가락을 들며 말했다.

"한 가지 더. 판타지 온라인 1에서 있었던 일이 알려지면 네 적은 몇 배로 늘 거야. 그러니까 내가 왜 길드에 들어오라고 하는지 알겠지?"

"거 더럽게 고맙다."

"고마울 것까지야. 그냥 들어오면 돼."

둘은 말하면서 한 걸음씩 앞으로 움직였다. 이미 서로 대답을 알고 있었던 것이다.

"물론 거절이다!"

"그럴 줄 알았지만 정말로 들으니까 화가 좀 나네!"

파파팟!

태현과 케인은 동시에 움직였다. 케인은 슬픈 목소리로 울

부짖었다.

"그냥 들어가면 어디가 덧나냐 이 배부른 자식아!"

왜 줘도 못 먹는단 말인가!

그러나 이미 벌어진 일. 케인은 이를 악물고 달려들었다.

-노예의 근성, 노예의 분노. 노예의 쇠사슬!

삼 연속 스킬 시전!

아키서스의 노예 직업 스킬이 과감하게 터져 나왔다.

"그 이상한 스킬 이름은 뭐야?"

이세연은 어이없어했지만, 방심하지는 않았다. 케인도 실력이 없는 플레이어는 아니었으니까. 게다가 네크로맨서는 방어력이 좋은 직업은 아니었다. 잘못해서 몇 대 맞으면 위험했다.

촤라라락-

버프를 받은 케인의 몸이 빛나더니, 옆에서 쇠사슬이 뻗어 나와 이세연을 묶으려 들었다.

-망령의 벽!

순식간에 이세연 앞에 세워지는 불투명한 벽. 케인에게서 나온 쇠사슬은 벽에 막혀 튕겨 나왔다.

-방황하는 해골! 적철 골렘 소환!

그리고 이세연은 바로 반격에 나섰다. 허공에 해골 문양이 생기더니 검푸른 화살을 마구잡이로 쏘아내기 시작했다.

"으아악!"

케인은 방패를 들고 스킬을 사용했다. 방패 위로 느껴지는 묵직한 충격!

[방황하는 해골이 쏘아낸 화살에 맞았습니다. 일시적으로 팔이 마비됩니다.]

[검은 오라에 맞았습니다. 노예의 근성으로 저항하는 데 성공합니다.]

저항에 성공해도 뭔가 기분 나쁜 메시지창!

그러는 사이 태현은 반격에 나서고 있었다.

무기 스위치!

에다오르의 뜨겁게 끓어오르는 진홍빛 대검도 좋은 무기였지만, 네크로맨서를 상대할 때 더 좋은 무기가 있었다. 바로 고대의 망치였다.

'역시!'

이세연은 태현이 활활 타오르는 오라를 뿜는 망치를 꺼내자 긴장했다. 태현의 영상을 전부 확인한 이세연이었다. 저 망치에 대해서는 이미 알고 있었다.

'언데드 상대로만 꺼내는 걸 보니, 언데드 상대로 효과가 있는 신성한 무기가 분명해. 김태현 직업도 아키서스 관련 직업이고.'

설마 여기서 김태현을 만날 거라고는 생각하지 못했지만, 이세연은 언젠가 김태현을 만났을 때를 대비해서 상대할 준비를 마쳐놓은 상태였다. 지금 소환하는 골렘들이 바로 그 결과물!

이세연이 손가락에 끼고 있던 반지들을 뽑아 던지자 그자리에 거대한 적색 골렘들이 소환되기 시작했다. 언데드가 아닌 강력한 소환수. 네크로맨서가 꼭 언데드만을 부리는 건 아니었다.

"김태현을 막아!"

그러나 이세연은 한 가지 착각하고 있었다. 고대의 망치는 대 언데드용 무기가 아니었다. 생물만 아니면 대미지가 들어가는 무기!

 -행운의 일격, 행운의 일격, 행운의 일격, 그림자 도약!

태현은 빠르게 뛰어오르더니 묵직한 일격을 골렘의 어깨에 작렬시켰다.

콰콰콰쾅!

[치명타가 터졌습니다!]

[골렘의 핵을 정확하게 파악해서 약점을 공략했습니다. 적철 골렘의 제작법을 14% 획득했습니다.]

[기계공학 스킬이 오릅니다.]

[검술 스킬이 오릅니다.]

적철 골렘이 탐나기는 했지만 지금 그런 걸 신경 쓸 때가 아니었다. 태현은 무너져내리는 골렘의 머리를 밟고 뛰어올라 곡예를 펼쳤다. 보는 사람의 입을 벌리게 만드는 곡예!

굉음이 터져 나오고, 두 번째 골렘이 무너져 내렸다.

[레벨 업 하셨습니다.]

'이거 잡았다고 레벨 업이냐?!'

골렘의 레벨이 얼마나 되는 건지 궁금할 정도였다. 이런 비싸고 구하기도 힘든 걸 태현을 잡으려고 아낌없이 사용하는 이세연!

'아니, 다른 놈은 몰라도 이세연은 내가 졌는데 이렇게 원한을 가지는 건 좀 말이 안 되지 않나?!'

태현은 속으로 불평하며 연신 스킬을 사용했다. 은신과 그림자 잠수.

　길을 막는 골렘을 일단 치웠으니 그다음에 노릴 건 이세연이
었다. 소환 마법에 뛰어난 마법사 상대로 소환수만 붙잡고 싸우
는 건 멍청한 짓이었다. 어떻게든 마법사 본인을 노려야 했다.

　"칫!"

　그러나 이세연도 이미 태현의 움직임을 읽고 있었다. 순간
그녀의 몸이 검게 물들더니 사라졌다.

　'저거 언데드한테만 드는 무기가 아니었어?!'

　그녀로서도 적철 골렘이 순식간에 무너진 건 충격적인 일이
었다. 어지간한 플레이어는 충분히 발을 묶을 수 있을 정도로
방어력이 높고 강력한 소환수!

　그런데 태현의 공격에 저렇게 쉽게 무너지다니.

　사실 고대의 망치의 공격력, 행운의 일격으로 인한 대미지
뻥튀기와 신의 예지 스킬로 인한 골렘의 약점인 핵 파악까지
겹쳐진 콤보였지만 거기까지 읽어내는 건 무리였다.

　[상대방의 높은 행운으로 인해 <어둠으로부터의 도주>가 풀립
니다.]

　설상가상으로 태현의 행운 때문에 풀려 버리는 스킬. 이세
연은 손에 땀이 나는 걸 느끼며 다음 스킬을 사용했다.

-불멸의 육신!

[치명타를 당했습니다!]
[상대의 무기가 끓어오릅니다. 악마의 오라가 당신을 침범합니다.]
[마력이 흡수됩니다.]

크게 흔들리는 시야. 스킬로 대부분의 대미지를 흡수했는데도 충격이 컸다. 이세연은 바로 거리를 벌렸다.

-흑색 이동!

그리고 이어지는 연속 스킬 콤보!

-심연의 촉수, 혼동의 저주, 발걸음을 묶는 그림자, 데스 나이트 라이징!

보통 마법사들은 한두 개 쓰고 기다려야 할 마법들을 이세연은 숨 돌릴 틈도 없이 연속으로 사용했다.

[심연의 촉수가 당신을 묶습니다!]

[회피에 성공합니다.]

[혼동의 저주가 당신에게 작렬합니다!]

[회피에 성공합니다.]

[발걸음을 묶는 그림자가 당신을 묶습니다!]

[회피에 성공합니다.]

"……."

이세연은 어이가 없다는 눈빛으로 태현을 쳐다보았다. 태현의 회피력에 대해서는 이미 알고 있었다. 그래서 명중률이 매우 높은 스킬들만 골라서 썼는데…… 전부 다 빗나가다니! 한 개 정도는 통할 줄 알았는데!

"정말 무슨 직업인 거야?!"

언제나 흥미 대상 그 자체! 이세연은 당황한 목소리로 외쳤지만, 그 목소리에는 즐거움이 담겨 있었다.

어디 한번 제대로 싸워보자!

순식간에 언데드들이 자리를 채우기 시작했다. 위압적으로 검을 뽑는 데스 나이트들!

케인은 그걸 보고 깊은 한숨을 내쉬었다.

'여기서 죽는 거 아냐?'

[심연의 눈을 가진 데스 나이트가 있습니다. 그림자 잠수를 사

용할 수 없습니다.]

[그림자 도약을 사용할 수 없습니다.]

"……!"

다시 한번 이세연 주변으로 파고들려고 했던 태현은 혀를 찼다. 역시 이세연. 그녀 주변으로 은신해서 들어가려는 도적을 상대할 방법은 이미 갖고 있었다.

-죽음의 흡수.

데스 나이트들을 흡수해서 빠르게 힘을 회복하며, 이세연은 태현을 쳐다보았다. 방금 태현은 이세연을 공격할 때 망치를 넣고 〈에다오르의 뜨겁게 끓어오르는 진홍빛 대검〉을 꺼내 들고 있었다.

'그렇다면 저 망치는 나한테는 대미지를 못 준다는 건데. 설마 무생물한테만 대미지를 주는 거 아냐? 아무리 그래도 그런 옵션이 있을까?'

무심코 정답을 맞힌 이세연!

"김태현이 무기를 바꿀 시간을 주지 마!"

몰려드는 데스 나이트. 대미지를 주지 못하더라도 태현의 발을 묶을 수만 있다면 남는 장사였다.

'힘을 회복할 시간을 벌어야 해.'

장기전으로 가면 유리한 건 그녀였다.

[데스 나이트의 명계의 독에 당합니다. 회피할 수 없는 독입니다. 지속적으로 대미지가 들어옵니다.]

[괴식 요리 스킬로 명계의 독 제조 방법을 얻었습니다.]

-방어의 원, 치명타 폭발!

일단 지금은 이세연 주변으로 다시 파고들 수 없었다. 태현은 케인과 함께 데스 나이트들을 상대했다.

"잠깐…… 쟤네들 뭐야?"

그제야 이세연은 뭔가 이상하다는 걸 발견했다. 태현과 싸우는 사이 동상 뒤 개구멍에서 줄줄이 나오는 플레이어들!

"여기 어떻게 온 거야?!"

이세연이 눈치챘다는 걸 깨달은 플레이어들은 달리기 시작했다.

"야! 튀어! 튀어!"

"이세연이잖아! 여기 왜 있는 거냐?"

"설마 김태현이 이세연한테도 사기를 친 거 아닐까? 삥을 뜯었다던가……."

"그건 아니겠지! 정말 그건 아니겠지!"

파워 워리어 길드원들과 정수혁, 거기에 오크들까지. 그들은 뒤도 돌아보지 않고 던전의 출구로 줄행랑쳤다. 이세연은 당황했지만 그들을 공격하지는 않았다. 지금 태현을 상대하기 위해 힘을 회복하고 쌓아놓는 중이었다. 저렇게 알아서 도망쳐주면 차라리 편했다. 굳이 힘을 낭비할 필요는 없었으니까. 이세연이 HP와 MP를 회복하는 사이 태현은 데스 나이트를 정리해 나갔다. 케인이 탱킹을 하는 동안 바로 망치를 들고 두드려 패는 태현!

이세연은 고개를 저었다. 김태현을 얕본 적은 한 번도 없었다. 그래도 그녀의 실력에 자신이 있었는데, 이건 정말……. 직업을 대 네크로맨서용으로 키운 게 아닐까 싶을 정도!

"김태현, 혹시 나한테 원한 있어서 직업 그렇게 키운 거 아니지?"

"그건 내가 할 소리거든? 나한테 원한 있는 건 너겠지. 난 너하고 엮일 생각도 없었다고."

"원한은 아니고…… 그냥 내 길드에 들어올 때까지 공격하는 것 정도인데. 이건 원한이라기보다는 애정 아닐까?"

"애정 같은 소리 하고 있네. 그게 애정이냐? 증오지!"

그렇게 둘이 대화를 하며 서로의 틈을 엿보는 사이…….

"이세연!!!!"

콰콰콰콰콰쾅!

분노한 스미스가 석실의 벽을 깨고 안으로 난입했다. 그 뒤에는 검은 바위단의 길드원들이 따라붙은 채로.

"정말 치사하게 이러깁니까! 어?"

들이닥친 스미스는 소리를 지르다가 안의 상황을 보고 당황했다.

이게 대체 무슨 상황이지? 한 번 대차게 싸운 것 같기는 한데, 왜 저기에…… 김태현하고 케인이 있단 말인가?

"뭐야, 스미스까지? 여기 던전에 꿀이라도 발라 놨나?"

태현은 스미스와 그 뒤에 나타난 플레이어들을 보고 중얼거렸다. 이세연 때문에 정신이 팔려서 놓치고 있었는데, 생각해 보니 이 던전이 뭔가 중요한 던전 같았다.

'뭐지? 이 던전이 뭐가 중요한 거지?'

"김, 김태현 씨는 왜 여기에?"

"어쩌다 보니?"

"저 여자를 믿지 마십시오!"

스미스는 이세연을 가리키며 외쳤다. 태현은 심드렁한 목소리로 대답했다.

"믿은 적도 없는데."

"둘이 너무하는 거 아냐?"

이세연이 끼어들자 스미스는 울컥한 목소리로 말했다.

"저 여자가 저를 속이고 혼자 여기로 왔습니다!"

"뭐, 속고 속이는 게 인생인데 뭘 새삼스럽게……."

태현은 이세연이 속였다는 말에 별로 놀라지 않았다. 판타지 온라인 1에서부터 이미 서로가 서로를 잘 알고 있었다. 이기기 위해서는 뭐든지 할 수 있는 사람들이 바로 태현과 이세연! 그러나 스미스는 태현이 놀라지 않자 답답하다는 듯이 가슴을 두드렸다.

"방송에서 나오는 이미지로 속으시면 안 됩니다!"

"아니…… 속긴 누가 속아. 지금 싸우던 거 안 보이냐?"

"그…… 그런 겁니까?"

스미스는 그제야 상황을 파악했는지 고개를 끄덕였다.

"역시 이세연 씨가 김태현 씨도 속였나 보군요."

"……반대인데."

"거짓말하지 마십시오! 김태현 씨가 당신을 속였을 리 없지 않습니까! 그 반대면 반대지!"

"진짜 반대인데…… 내 말은 안 듣겠지."

이세연은 고개를 절레절레 저었다. 그러나 스미스가 그녀의 말을 들을 것 같지는 않았다.

'2:1은 많이 불리한데…… 아이템만 갖고 빠져나가야겠다.'

이세연은 기회를 엿보기 시작했다. 노리는 건 동상 위의 왕관. 집는 순간 무언가 보스 몬스터가 나타나겠지만, 그건 나머지 사람들이 알아서 생각할 일이었다.

스미스는 검은 바위단 길드원들에게 귓속말을 보냈다.

-잘됐습니다. 김태현 씨에게 상황을 설명하고 도와달라고 하지 않겠습니까?

-네?

-김태현 씨는 이세연 씨와 싸우고 있었으니 우리 편을 들 가능성이 높습니다. 게다가 이세연 씨처럼 치사하고 야비한 성격이 아니니 우리를 속이지도 않을 겁니다.

-어…… 그건 좀 아닌 것 같은데…….

구성욱은 자기도 모르게 중얼거렸다.

-예?

-아, 아니. 김태현한테 다 말하는 건 좀 위험하지 않습니까? 그냥 이세연하고 싸우는 것만 협조하죠. 어차피 지금 보면 싸우게 될 것 같은데요.

스미스는 구성욱의 말에 둘을 쳐다보았다. 가만히 있는 것 같아 보여도 김태현과 이세연은 서로 팽팽하게 대치하고 있었다. 공기가 끊어질 것 같은 긴장감! 그야말로 고수의 대결이었다. 검은 바위단 길드원들도 침을 삼키며 긴장했다.

'그래서 왕관은 어디 있어?'

'저기 가운데 왕좌 앞에 있는 동상 위.'

'저기 있다. 이세연이 저걸 못 잡게 해야 해.'

'스미스 님한테 다 맡겨놓을 수는 없지. 우리가 몸을 내줘서라도 잡아야 해. 알겠지?'

검은 바위단 길드원들이 시선을 교환하며 귓속말을 하는 순간, 태현은 씩 웃었다.

그걸 본 이세연은 일이 틀어졌다는 걸 직감했다.

"저 바보들!"

"그랬군. 동상이었군!"

"김태현 앞에서 뭔 짓을 하는 거야! 이 멍청이들아!"

이세연은 투덜대며 태현을 막으려 들었다. 그러나 지금 태현의 발을 묶을 수 있는 수단은 없었다.

저 사기적인 회피력!

스미스와 길드원들이 오기 전에도, 이세연은 시선을 관리했다. 태현이 얼마나 눈치가 빠르고 통찰력이 좋은지 알고 있던 것이다. 혹시라도 노리는 게 동상 위의 왕관이라는 게 알려질까 봐 그쪽을 보지도 않고 싸움에 집중했는데……

저 검은 바위단 길드원들이 눈치 없게 동상을 쳐다보며 고개를 끄덕이는 바람에, 태현이 눈치를 채버렸다.

'먼저 잡는 수밖에 없어!'

이세연은 연속 마법을 사용하며 달려들었다. 마법사는 근접전을 피하는 게 상식이었지만, 이세연 정도 되는 마법사라면 근접전에서도 어느 정도 마법을 써서 버틸 수 있었다.

"케인, 막아라!"

"으아아악!"

케인은 괴성과 함께 이세연 앞을 막아섰다.

-내 믿음은 흔들리지 않는다!

HP를 깎아버리고 일시적으로 무적 상태를 얻는 아키서스의 노예 직업 스킬!

-에너지 드레인, 지옥의 저주 화살 연사, 지옥 에너지 폭발!

이세연이 케인을 치우기 위해 마법을 중첩시켜서 콤보를 넣었지만 케인은 버텨냈다.

"말도 안 돼!"

"크윽…… 김태현! 이 자식아! 빨리 좀 해라!"

그 찰나면 충분했다.

탁-

[<잊혀진 망자의 왕관>을 얻었습니다.]

[잊혀진 망자의 왕관이 사라졌습니다. 잊혀진 망지가 깨어납니다.]

[높은 행운으로 잊혀진 망자를 깨우지 않는 데 성공합니다.]

[명성이 오릅니다.]

"……."

"……?"

태현은 동상의 어깨를 밟고 서서 메시지창을 읽었다. 당연히 태현도 왕관을 얻으면 이 동상이 뭔가 움직일 수도 있다는 생각은 하고 있었다.

그런데…… 안 깨울 수도 있나?

"김, 김태현 씨!"

"?"

스미스가 당황한 목소리로 태현을 불렀다.

"그 왕관은…… 저희가 찾고 있던 아이템입니다!"

"그랬어?"

"이세연 씨가 방해를 했지만 저 아이템을 얻기 위해 먼저 들어온 건 저희입니다. 충분한 사례를 할 테니 그 아이템을 돌려줄……."

"스미스 님, 김태현 갔는데요."

"……."

스미스는 말을 듣고 고개를 들었다. 태현과 케인이 던전의 출구로 향해 달려 나가고 있었다. 스미스의 말은 귓등으로도 안 듣는 모습!

그걸 본 이세연은 한숨을 내쉬었다. 솔직히 김태현이 도망치게 되면 잡을 자신이 없었다. 그러면 저 왕관은 이제 다시 찾을 방법이 없다고 봐야 하는데…….

"당신 때문입니다!"

"뭐? 아무리 생각해도 너희들 때문이지! 김태현 앞에서 그렇게 티를 내면 어떻게 해!"

"당신이 김태현을 공격해서 그런 겁니다. 그러니까 김태현이 당신에게 복수를 하려고 저 왕관을 가져간 거 아닙니까!"

"너…… 김태현이 누군지나 알고 하는 소리니?"

"김태현이 김태현이지 누구겠습니까!"

"……."

이세연은 말하려다가 말았다. 김태현의 정체는 아무한테도 말하고 싶지 않았던 것이다. 일종의 독점욕! 정체를 말해줬다가는 아무리 저 선량하고 호구…… 아니, 성실한 스미스라도 분노하리라. 그러면 이세연에게는 유리해지겠지만…….

'난 그러지 않아도 이길 수 있으니까.'

자신감!

"스미스 님! 쫓아야 합니다!"

"알겠습니다. 다시 한번 잡고서 설득을 해봅시다!"

"……안 통할 것 같지만……."

스미스와 검은 바위단 길드원들은 재빨리 태현의 뒤를 쫓기 시작했다. 그걸 본 이세연은 고개를 절레절레 저으며 지팡이를 들었다. 김태현 상대로 되찾을 수 있을지는 모르겠지만, 해보는 데까지는 해봐야 하지 않겠는가?

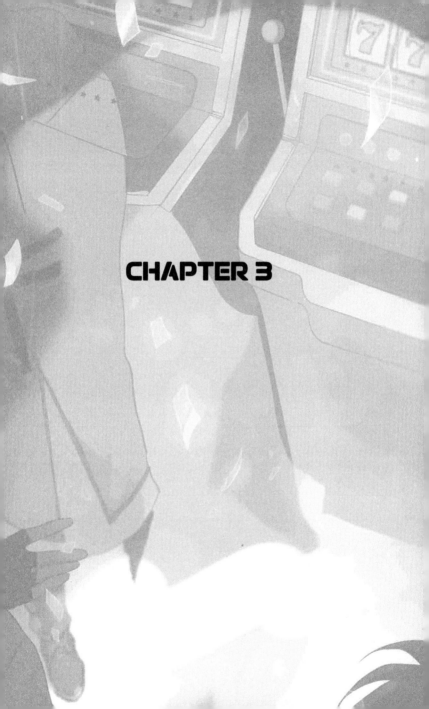

CHAPTER 3

　뒤에서 느껴지는 따가운 살기를 무시하며, 태현과 케인은 빠르게 출구를 향해 달렸다.

　-수혁아! 위 상황 어떠냐!

　-……

　"얘는 왜 또 대답이 없어?!"

　태현은 혀를 찼다. 지금 대답이 없다는 건 한 가지밖에 없었다. 밖의 상황이 귓속말에 대답할 수 없을 정도로 정신이 없다는 것! 그렇지만 어쩔 수 없었다. 저 던전 안보다는 밖이 무조건 안전할 테니까. 스미스와 이세연을 같이 상대할 수는 없었다.

　콰쾅!

[던전의 출구를 통해 밖으로 나왔습니다 명성이 오릅니다.]
[경험치를 얻었습니다.]

"취익?"

"척, 새로운 놈들이 또 나왔다."

"……."

케인은 무기를 떨어뜨리려다가 간신히 붙잡았다.

던전의 출구로 빠져나오자 그들이 마주한 것은…… 수없이 늘어진 오크들의 군세! 이제까지 오크 군대들을 만나보지 못한 건 아니었지만, 이 오크들은 이제까지 본 오크 중에 가장 숫자가 많고 위협적이었다.

"설, 설마 이거……."

케인은 오크들의 모습에서 무언가를 깨닫고 떨었다. 설마, 설마 아니겠지?

"대족장……."

"취이익! 저놈! 저놈이다!"

"척! 저놈의 얼굴! 케인이라는 놈이다!"

[대족장 카라그의 오크 전사들이 당신을 발견합니다!]

[당신을 죽이기 전까지는 절대로 물러서지 않을 겁니다.]

"오크의 이름으로! 취익! 저놈을 반드시 죽여야 한다!"

"으아아아악! 진짜 오늘 왜 이래!"

아까는 이세연하고 싸우더니 올라오자마자 대족장이 이끄는 오크 전사들과 싸워야 하는 상황! 케인은 눈물이 나오는 걸 참으며 급하게 포션을 사용했다.

벌컥벌컥!

"선배님! 이쪽으로 오십시오!"

정수혁이 지팡이를 들고 크게 외쳤다. 정수혁과 파워 워리어 길드원들, 그리고 오크 주술사들은 위화감 없이 대족장의 군대 사이에 끼어 있었다.

"……너희는 거기서 뭘 하고 있냐?"

태현 일행이 땅 밑 던전에서 개구멍 사이를 기고 있을 때, 대족장이 이끄는 오크 군대는 위풍당당하게 진군했다.

물론 그 과정에서는 희생이 있었다. 쑤닝 길드 같은…….

"이겼다! 드디어!"

"지원군도 오고 있어!"

"김태현! 듣고 있냐! 저기 지원군이 오고 있다고! 넌 끝났어!

이 자식아!"

늑대를 타고 덤비는 오크 선봉대를 간신히 물리친 쑤닝은 방방 뛰며 외쳤다. 그러나 대답은 들려오지 않았다. 전원 다 던전으로 가버렸기 때문!

-싸워야 하나?

-가만히 있으라고 했으니 가만히 있는 게 좋을 것 같군.

날개 악마들만 내성에서 조용히 장식인 척하고 있을 뿐이었다. 대답이 들려오지 않자 쑤닝은 더욱더 열이 받았다.

"좋다! 어디 한번 거기서 버텨봐라! 여러분! 잘 오셨습니다. 어디 같이 한번 김태현을 자근자근 밟아봅시다!"

"우오오오!"

길드 연합은 신이 나서 성문을 박차고 들어갔다. 그러나 그런다고 해서 사라진 태현 일행이 나타날 리는 없었다.

"????"

"어디 갔어……?"

"찾아봐! 숨어 있을지도 모른다!"

그러나 길드 연합은 그 전에 미리 해야 할 것을 잊고 있었다. 지금 중요한 건 태현이 아니라 여기로 달려오고 있는 오크 군대! 찾기도 전에 멀리서 대족장이 이끄는 오크 군대가 물밀듯이 몰려왔다.

"!!!!"

거짓말 안 하고, 거의 바다처럼 보일 정도로 많은 오크들이었다. 성벽 위에서 오크들이 몰려오는 걸 본 플레이어들은 기겁했다. 다른 도시나 성은 본대에서 나눠진 오크들을 상대했지만, 지금 오고 있는 오크들은 본대 그 자체! 절대로 이 병력만으로 이길 수 없었다.

"도…… 도망쳐야 하지 않나?"

다른 길드에서 온 플레이어들은 바로 도망치자고 말했다. 쑤닝 길드와 달리 그들은 여기서 목숨을 바칠 의리가 전혀 없었다. 쑤닝은 기가 막혔지만, 지금 상황에서 같이 싸우자고 말해봤자 씨도 먹히지 않을 걸 잘 알았다.

"……그래! 도망친다!"

결국 말도 많고 탈도 많았던 카달타 성은 아무도 갖지 못한 채, 오크들에게 버려지게 되었다. 쑤닝 길드와 타 길드 연합은 피눈물을 흘리며(쑤닝만 흘렸지만) 도망!

그러나 오크 군대는 멈추지 않았다.

-내 아들을 죽인 케인 놈은 보이지 않는군. 주술사들! 제대로 주술을 펼치고 있는 것 맞는가?

-칙, 위치가 달라지고 있습니다.

-이 주변은 아무것도 없다!

-취익, 지하가 아닐까 싶습니다만…….

-그렇다면 이동해라! 놈이 나올 때까지 그 위에서 대기할 테니!

오크들은 카달타 성을 반쯤 박살을 내버리고 바로 케인을 쫓아 우르르 이동하기 시작했다.

-더 이상 움직이지 않습니다.

-칙, 여기 던전의 출구처럼 보이는 곳이 있습니다. 여기서는 열리지 않습니다.

-좋다. 기다린다!

케인이 더 이상 움직이지 않자 오크들도 자리를 잡았다.

그리고 그 한가운데에서 튀어나온 게 바로…… 던전에서 먼저 나온 정수혁과 다른 사람들!

"……."

"……개꿀잼몰카인가?"

파워 워리어 길드원 중 누군가의 입에서 그런 말이 흘러나왔다. 그만큼 현실감이 없었던 것이다.

던전의 출구를 가운데로 두고, 빙 둘러싼 오크 군대! 수많은 오크가 그들을 빤히 쳐다보고 있었다.

그걸 본 정수혁이 지팡이를 꽉 잡았다.

지금 필요한 건? 스피드!

"대족장님 만세! 바마어의 대리로 참전해 오크 주술사들을 이끌게 된 정수혁입니다! 대족장님께서 이곳으로 오셨다고 해서 저도 이곳으로 오게 되었습니다!"

"……."

서당개 삼 년이면 풍월을 읊는다! 정수혁은 예전이었다면 절대 보여주지 못했을 순발력을 보여주고 있었다.

"춰, 취익?"

"췩, 위대한 주술사님이 하시는 거니 맞는 일이겠지. 충성! 충성!"

정수혁의 도박은 다행히 성공했다. 원래 이끌고 있던 오크들이 있다 보니 대족장은 넘어가 준 것이다.

-저놈들은 뭔가?

-제가 붙잡은 포로들입니다!

-왜 갑자기 여기에서 나타난 거지?

-대족장님이 원수를 찾았다는 말을 듣고 한시라도 빨리 움직이려다 보니 지름길을 찾게 되었습니다! 이 던전을 통해서 온다면 빠르게 올 수 있을 거라고 생각했습니다!

-저 밑에서 아무도 발견하지 못했나?

-물…… 물론입니다!

[대족장 카라그를 속여 넘기는 데 성공합니다.]

[명성이 크게 오릅니다.]

[스킬 <아키서스의 혀>를 얻습니다.]

<아키서스의 혀>
외친 스킬명과 다른 스킬을 쓸 수 있습니다.

"……?"

뭔가 이상한 스킬이 떴지만, 대족장을 속여 넘기느라 잔뜩 긴장한 정수혁은 제대로 보지도 못하고 넘겼다.

"후…… 살았다……."

"대, 대단해. 저기서 카라그를 속이다니!"

파워 워리어 길드원들도 감탄할 거짓말!

그 순간 누군가 정수혁에게 말을 걸었다.

"그래서 태현이 어디 있냐?"

"?!?!"

오크들 사이에, 김태산이 있었다. 휘황찬란한 오크 장군 갑옷과 투구를 입은 폼이 마치 십 년은 넘게 오크 군대를 이끈 것 같은 익숙함!

"어, 어떻게?"

"오크 군대 이끌라고 제안이 와서 받았지. 먼저 나온 거 보니까 태현이 저 밑에 있구만?"

"없, 없는데요?"

"그래. 있다고?"

정수혁의 거짓말을 김태산은 바로 간파했다.

'요놈. 어디 한번 나와봐라!'

카라그는 김태산을 높게 평가해서 많은 오크 전사들을 배정해주었다. 덕분에 김태산은 이 거대한 군세에서 일부를 차지하고 여기 이 자리에 서 있었다.

태현과 케인이 나오자, 정수혁은 결국 그들을 불렀다.

"선배님! 이쪽으로 오십시오!"

더 이상 속여봤자 의미도 없고, 어떻게든 태현과 합류해서 도와야 했다.

-쏟아지는 산성의 비! 화신과의 공명!

-흐려지는 안개! 혼란의 눈!

일단 주변의 오크들을 최대한 혼란시키기 위해 전체 마법을 걸려고 했다. 운 좋게도 〈아키서스의 마법〉도 상황에 맞춰서 굴러갔다.

"취익! 저놈! 배신자다!"

"위대한 주술사가 배신했다! 췩! 죽여라!"

상황을 깨달은 오크 전사들은 일제히 움직이기 시작했다.

-내달리는 대지!

-치솟는 화염의 세례!

정수혁과 오크 주술사들은 일제히 마법을 시전하기 시작했다. 이렇게 단체 싸움에서 무엇보다 위력적인 게 바로 마법! 땅이 흔들리고 화염이 내달리며 오크 전사들 위로 쏟아져 내렸다.

"취이익! 뜨겁다!"

"췩! 저놈을 공격해라! 저놈이 우두머리다!"

한 번 마법이 작렬할 때마다 오크가 일고여덟은 넘게 나뒹굴었지만, 금세 오크들은 그자리를 채웠다. 질보다 양!

-놈들을 절대로 여기서 내보내지 마라!

대족장 카라그의 목소리가 떨어지자, 오크들은 일제히 함성을 지르며 돌격하기 시작했다.

[대족장 카라그가 <대족장의 명>을 사용합니다. 오크들이 버프를 받습니다.]

[오크들이 후퇴하지 않습니다.]

수없이 몰려드는 오크들. 태현은 그걸 보고 생각했다.

'그냥 케인 버리고 튈까?'

콰콰쾅!

그러나 그런 생각을 실행에 옮기기도 전에, 던전의 출구가 열리며 스미스와 검은 바위단 길드원들이 튀어나왔다.

"김태현 씨! 왕관을 돌려주십시오!"

"……."

순간 주변에 있던 오크들이 전부 그들을 쳐다보았다. 스미스와 검은 바위단 길드원들은 눈을 깜박이며 주변을 둘러보았다. 이게 대체 무슨 상황?

-저놈들도 전부 처리해 버려라!

"취이이이익!"

대족장의 명령에 따라 오크들은 스미스와 검은 바위단 길드원들에게 돌격했고…….

콰콰콰콰콰콰콰-

그대로 튕겨 나갔다.

-전투마 소환!

"나와라, 내 애마 슬레이프니르!"

강력해보이는 전투마가 허공에서 돌진하며 튀어나왔다. 스미스는 바로 그 위에 올라타더니 랜스를 들고 오크들에게 돌격했다. 평야에서 진정한 힘을 보여줄 수 있는 게 바로 기사 직업!

-멋, 멋있는 이름이다!

"네 이름도 충분히 멋있지 않냐?"

-그렇긴 하다.

이 와중에 저렇게 떠드는 용용이와 태현을 본 케인이 질린 표정을 지었다.

"김태현 씨! 왕관을! 돌려주십시오!"

말 한 마디 할 때마다 오크들이 몰려와서 스미스는 랜스로 오크들을 쭉쭉 꿰어야 했다. 그렇게 말하면서 오크들의 파도를 뚫고 태현 쪽으로 돌진하는 게 가히 공포영화의 살인마를 연상시켰다. 오크들이 더 무서운지 스미스가 더 무서운지 비교하기 어려울 정도!

"태현 님! 설마 스미스한테도 아이템 뜯어낸 거 아니죠?!"

파워 워리어 길드원들은 비명을 질렀다.

"뜯어낸 게 아니라 정당하게 얻은 건데?"

"그런데 왜 저래요?!"

"몰라. 욕심이 많은가 보지."

어찌 되었든 스미스와 검은 바위단 길드가 나타난 덕분에 태현 일행은 한숨을 돌릴 수 있었다. 그들이 보통 강한 게 아니었기에, 오크들도 나눠진 것이다.

그리고 아직 한 명이 더 남아 있었다.

-황천의 역병, 죽음의 시선, 데스 나이트 군대 소환!

오크 전사들의 한쪽이 그대로 무너지더니, 순식간에 데스 나이트들로 전부 변해 버렸다.

콰르릉! 콰릉!

그 주변의 하늘은 어두워지고 땅이 시커멓게 변했다.

언데드들의 땅!

"김태현! 왕관 내놔!"

"이세연까지?!?!"

이세연이 언데드들의 군대 사이에서 또랑또랑하게 외치자, 그 목소리를 들은 이다비는 눈을 감았다. 그냥 김태현하고 안 어울리는 게 낫지 않았을까? 길고 가늘게 사는 게 낫지 않았을까?

평원에는 현재 네 세력이 있었다. 가장 많고 가장 강력한, 오크 대족장이 이끄는 오크 군대. 그리고 태현 일행과 스미스와 검은 바위단 일행, 마지막으로 일인군대를 이끌고 있는 이세연까지. 서로가 미묘한 관계인 상황!

가장 먼저 시작을 끊은 건 스미스였다.

"김태현 씨, 왕관을 돌려주십시오! 저희 아이템입니다!"

스미스가 먼저 우직하게 덤비기 시작했다. 그는 오크들을 쓸어버리며 태현 쪽으로 접근했다. 살벌한 기세!

"뭐? 시끄러워서 잘 안 들리는데?"

"……."

"저희 아이템이라고 했습니다!"

다른 사람이었다면 욕부터 했을 텐데, 스미스는 아직까지 인내심을 발휘하고 있었다. 빛나는 인성!

"그게 왜 너희 아이템인데?"

"저희가 먼저 퀘스트를 깨고 얻기 위해 노력을 했습니다! 여기 검은 바위단 길드원들이 얼마나 고생한 지 아십니까?"

"나도 이거 얻으려고 선행 퀘스트 많이 깼거든? 난 혼자여서 더 힘들었다고."

입에 침도 바르지 않고 1초 만에 튀어나오는 거짓말! 그러나 스미스는 움찔했다.

"그, 그게 정말이십니까?"

"스미스 님! 거짓말입니다, 저거! 김태현이 왕관 관련 퀘스트를 어떻게 얻습니까! 네크로맨서랑은 거리가 먼 놈인데!"

검은 바위단 길드원들은 뒤에서 가슴을 치며 외쳤다.

"왜, 나도 얻을 수 있지."

"김태현 씨⋯⋯! 저는 김태현 씨를 좋게 생각했는데, 저를 속이신 겁니까?"

"아냐. 진짜야. 선행 퀘스트 깨서 온 거라고. 안 그러면 여기 어떻게 왔겠어?"

"⋯⋯뭐든 상관없습니다. 저는 검은 바위단을 도와줘야 합니다! 왕관을 내놓지 않으면 공격하겠습니다!"

스미스는 말 위에서 위풍당당하게 선언했다. 그러나 그 순간 이미 태현은 시야에서 사라져 있었다.

-그림자 잠수, 그림자 도약, 행운의 일격, 행운의 일격, 행운의 일격, 치명타 폭발!

'공격은 하고 말하는 거지.'

폭발적인 대미지 콤보! 태현은 아무리 스미스가 단단한 탱커 계열의 기사 직업이라도, 이런 공격을 맞고 멀쩡하게 버틸 수 있을 거라고는 생각하지 않았다.

-고대 제국의 영원불멸한 힘!

[고대 제국의 영원불멸한 힘이 스미스를 보호합니다.]

콰콰콰쾅!

굉음을 내며, 태현의 공격이 스미스의 등에 작렬했지만……
대미지가 들어간 느낌이 하나도 오지 않았다.

'이 자식…… 나하고 상성이 안 좋다!'

태현은 혀를 차며 물러섰다. 멀쩡하게 서 있는 스미스! 기습
공격을 당했어도 상관이 없었다. 스미스의 스킬은 그런 류의
컨트롤이 필요 없는 강력한 스킬이었던 것이다.

그냥 발동하면 전신에 작용!

슈우우우-

스미스의 전신에서 연기가 흩어져 나왔다. 스미스는 투구
사이 보이는 눈으로 태현을 노려보며 외쳤다.

"그렇게 나오시다니, 알겠습니다. 저도 진심으로 상대해 드
리겠습니다!"

'판온 1 생각나는군.'

태현은 판온 1 때 상대했던 성기사 랭커가 떠올랐다. 워낙 단단
해서 패고 패고 패고 패서 상대가 포기할 때까지 패야 했던…….
지금 스미스가 그런 느낌이었다.

저 〈고대 제국의 영원불멸한 힘〉이 어떤 스킬인지는 몰라
도, 대미지를 몇백분의 일로 내려 버리는 것 같았다. 그렇지 않
으면 태현의 공격을 맞고 저렇게 멀쩡할 수가 없었으니까!

'저거 지속시간이 얼마나 되는지 모르겠는데…….'

태현은 차라리 이세연이 낫다는 생각이 들었다. 이세연 상대로는 태현이 유리했지만, 스미스를 상대로는 그 반대였다.

변칙적인 방법과 스킬 콤보로 폭딜을 넣는 게 태현의 주무기인데, 그게 막히면 상당히 곤란해지는 것이다. 공격 방법이 확 줄어버리는 상황.

"나랑 손잡을래?"

멀리서 이세연이 목소리를 마법으로 키워서 외쳤다.

"싫어, 인마!"

"진짜?"

"진짜로 싫다고!"

"진짜로 진짜?"

"아, 좀 저리 가라!"

"그러다 나중에 후회한다?"

이세연의 말을 증명이라도 하듯이, 스미스뿐만 아니라 오크 정예 전사들도 도끼를 들고 달려들기 시작했다.

설상가상!

다른 사람이었다면 예전에 굴복했을 것이다. 스미스에게 왕관을 넘기거나, 아니면 이세연에게 왕관을 넘기거나…….

하여튼 방법은 다양했다. 무릎만 꿇으면 됐다.

그러나 태현은 그러지 않았다. 이런 상황일수록 고개를 드는 타고난 반골 기질!

"거절한다!"

"김태현 씨! 후회하실 겁니다!"

스미스는 그렇게 외치며 돌격했다. 그 뒤를 따르는 검은 바위단 길드원들! 공격이 시작되자 마법과 함께 각종 원거리 스킬들이 날아왔다. 태현은 대부분을 피하고 몇 개는 몸으로 막아냈다.

[회피에 성공했습니다.]

[회피에 성공했습니다.]

태현의 공격을 스미스는 대부분 흡수해 버렸다. 그러나 태현도 만만치 않았다. 스미스의 공격이나 검은 바위단의 공격을 모조리 회피해 버리는 무지막지한 행운!

이세연과 달리 대 김태현 준비를 덜 한 스미스와 검은 바위단은 태현에게 대미지를 넣을 방법이 적었다.

-영원히 회전하는 창날!

"그걸 내가 맞아줄 거라고 생각하는 건 아니지?"

스미스가 위협적인 스킬을 쓰면서 달려들었지만, 태현은 바로 눈치를 채고 피함과 동시에 공격을 틀어냈다.

-반격의 원!

스미스야 어차피 때려봤자 단단해서 의미가 없고, 검은 바위단 길드원에게 돌려준다!

"크아악!"

검은 바위단 길드원이 비명을 지르며 나뒹굴자, 스미스가 움찔했다. 태현이야 무섭지 않지만 그의 공격을 저렇게 튕겨내 버리면 피해를 보는 건 검은 바위단 길드원들!

태현이 스미스를 까다로워하는 것처럼, 스미스도 속으로 태현을 까다롭게 생각하고 있었다. 대부분의 공격은 회피해 버리고, 대미지를 넣으려면 특정한 스킬을 써야 하는데, 태현은 그런 스킬을 쓰면 기막히게 알아채고 피했다.

단순히 행운 스탯만이 태현의 장점은 아니었다. 원래 태현은 판온 1에서 뛰어난 컨트롤로 이름이 높았던 플레이어! 수십 개의 공격이 쏟아지는 전장에서 어떤 공격을 피하고 어떤 공격을 막아낼지 판단을 내리는 건 아무나 할 수 있는 게 아니었다.

"……."

"……."

태현과 스미스는 잠시 서로를 쳐다보았다. 빈틈을 찾기 위한 탐색. 그러나 서로의 상황은 달랐다.

스미스는 뒤에 검은 바위단을 끼고 있었지만, 태현은 케인을 죽이기 위해 몰려오는 오크 정예 전사들까지 추가로 상대해야 했던 것이다.

-크와와와와!

정예 전사들이 전투 함성을 지르며 태현과 케인이 있는 쪽으로 돌진하기 시작했다.

"미치겠군."

태현은 그렇게 중얼거리며 무기를 들었다.

일단 오크들을 처리하고 다시 스미스와 싸워야 하나?

"……피하십시오!"

갑자기 스미스가 크게 외치더니 검은 바위단 길드원들을 데리고 뒤로 빠지기 시작했다.

"저거 왜 저래?"

케인이 그걸 보며 고개를 갸웃거렸다. 그러나 태현은 본능적으로 느꼈다. 뭔가 위험하다!

그렇지 않으면 스미스가 갑자기 저럴 이유가 없었다.

'대체 뭐가……?'

스미스가 뒤로 빠진 이유는 곧바로 알 수 있었다. 케인이 있는 곳 위로, 대족장 휘하의 오크 정예 주술사들의 마법 폭격이 떨어지기 시작한 것이다.

"으아아아악!"

케인은 가능한 스킬을 전부 다 쓰고 포션을 빨며 버티기 시작했다. 태현은 바위가 터져 나가고 화염의 채찍이 몸을 후려치는 걸 전부 다 회피로 피하며 버텼다.

-저놈, 묘한 기술을 갖고 있다. 피하지 못하게 만들어라!

[쇠락해지는 기운 저주를 당했습니다. 회피할 수 없는 저주입니다. 전체적인 능력치가 내려갑니다.]
[쇠락해지는 기운 저주를 당했습니다. 회피할 수 없는 저주입니다. 전체적인 능력치가 내려갑니다.]

하나하나는 별거 아닌, 어지간한 플레이어는 무시하고 싸울 수 있는 저주였다. 그러나 그런 저주들을 고렙 오크 주술사들이 중첩시켜 가며 퍼붓자 보통 성가신 게 아니었다.

[회피에 실패했습니다.]
[출혈 상태에 빠집니다.]
[<신성 권능>스킬로 저항에 성공합니다.]

보통 마법도 대미지가 들어오기 시작하자, 태현은 슬슬 위험하다고 생각했다. 여기서 계속 버티는 건 죽여달라고 하는 것이나 마찬가지였다.

'포위망을 뚫는다!'

그나마 다행인 것은, 발목을 잡고 있던 스미스와 검은 바위단 길드원들이 오크들의 대공세 때문에 뒤로 빠진 것!

-용용아, 가능한 마법은 전부 주술사들 있는 쪽에 갈겨라! 수혁! 데리고 있는 놈들 시켜서 마법을 전부 주술사들 쪽으로 퍼부어!

"케인, 따라와! 스킬은 쓸 수 있으면 전부 사용해라!"

"오케이! 지금 쓴……."

그 순간 주변이 어두워졌다. 그림자가 진 것이다. 케인은 고개를 들었다. 저 멀리 하늘에 뭔가 거대한 게 떠 있었다.

"……?"

콰콰콰쾅!

그 정체는 곧바로 알 수 있었다. 오크 대족장 카라그가 몸을 날려 뛰어든 것이다.

[대족장 카라그의 <대지의 격노>에 당했습니다. 저항에 실패했습니다. 움직일 수 없습니다.]

태현은 가볍게 회피에 성공했지만, 케인은 카라그에게 그대로 마비를 당해버렸다.

-저놈이냐?

-취익, 맞습니다!

뒤에는 수많은 오크 전사들이 눈을 부릅뜨고 대기하고 있었고, 주변에는 오크 정예 전사들이 남아 있었다.

그런 상황에서 뛰어든 대족장 카라그! 보통 오크보다 몇 배는 커다란 덩치였다. 거인족이라고 해도 믿을 덩치.

카라그는 뒤에 오크 하나를 달고 온 상태였다. 태현은 그 오크를 어디서 본 것 같았다.

'어디서 봤더라?'

-저놈은?

-칙! 저놈은 아닙니다. 오히려 범인을 말해준 놈입니다!

-그래?

"……!"

태현은 카라그와 오크의 대화를 듣고, 카라그가 데리고 온 오크가 누군지 깨달았다.

'내가 사기 친 오크잖아?!'

태현이 '케인 저놈이 카자크를 죽였어! 저놈이 범인이야!' 했을 때 그걸 본 오크!

그래서 그런지, 오크는 케인은 죽일 듯이 노려봤지만 태현은 그렇게 노려보지 않았다.

카라그는 거만하게 내려다보며 말했다.

-건방진 인간 놈. 원래라면 여기서 같이 죽였겠지만, 카자크를 죽인 범인을 알려줬다고 하니 한번 기회를 주마. 꺼져라! 목

숨만은 살려주겠다.

[대족장 카라그가 당신의 목숨을 보장합니다. 혼자서 이 전장을 떠날 수 있습니다.]

케인은 그걸 듣고 한숨을 푹 쉬었다. 그러고는 귓속말을 보냈다.

-야. 그냥 너라도 가라.

-뭐 잘못 먹었냐?

-……이 자식이……! 기껏 배려를 해줘도!

기껏 큰마음을 먹고 말했는데 태현이 이렇게 나오자 케인은 울컥했다.

-그럼 같이 죽어야겠냐!

-네가 이러니까 이상해서 그렇지.

-네가 죽으면 나한테 페널티가 들어온다고!

-아. 그거면 이해가 가네.

-…….

케인이 이렇게 배려심을 보이는 이유는 하나. 〈아키서스의 노예〉 패시브 스킬 중에는 교단의 교황이 쓰러질 경우 강력하게 페널티가 들어가는 스킬이 있었던 것! 여기서 둘이 죽으면 케인은 페널티를 두 배로 받아야 했다.

그럴 바에는 차라리 희생을……!

케인은 모르고 있었다. 이 모습이 나중에 방송을 보는 사람들에게 어떻게 보일지. 충신 그 자체!

-근데 안 되겠다.

-뭐? 왜? 미쳤냐?

-이렇게 튈 수 있을 줄 알았으면 수혁이를 가만히 있게 하는 건데…….

태현이 떠나지 않자 대족장이 거칠게 외쳤다.

-떠나지 않는 것이냐! 기회를 줬는데도! 그렇다면 죽어라!

태현은 입맛을 다셨다. 여기서 혼자 빠져나가는 건 손해가 너무 컸다. 케인이야 뭐 죽는다 쳐도, 정수혁과 그가 데리고 있는 오크 주술사들은 당연히 다 잃어야 하고, 파워 워리어 길드원들부터 시작해서 태현을 따르는 아키서스 교단의 NPC들까지 전원 다 잃어버리는 상황!

'잃을 게 너무 많아서 그냥 튈 수도 없고…… 젠장. 써야 하나?'

태현은 〈불의 마수의 숨결〉을 만지작거렸다. 사디크 교단과 싸우고 나서 얻은 강력한 아이템. 일회용이지만 태현처럼 기계공학에 능숙한 플레이어가 쓰면 이 주변을 지옥으로 만들 수 있었다. 문제는…….

'아키서스의 축복도 이미 써버렸고, 신성 영역도 이미 써버렸다. 게다가 지금 나도 저주를 많이 맞은 상태고. 터뜨렸다가

아군도 다 죽으면 자살행위인데……'

태현은 괜찮았다. 믿고 있는 게 하나 더 있었으니까. 교단을 세우고 나서 얻은 〈부활〉 스킬. 그걸로 한 번은 페널티 없이 살아날 수 있었다.

'과연 나 말고 다른 놈들이 얼마나 견딜지 모르겠군.'

이걸 폭발시키면 어느 정도로 난리가 날지 짐작이 가지 않았다. 태현은 머리를 굴렸다.

정말 다른 방법이 없나? 시간을 끌어서 다들 대피를 시킬 방법이…….

콰콰콰쾅!

그 순간, 대족장 카라그가 옆으로 밀려났다.

-어떤 놈이냐!!!

생각지도 못한 기습을 받은 카라그는 분노해서 소리를 질렀다. 어찌나 목소리가 큰지 주변의 오크들도 휘청거렸다.

"나다, 이 자식아!"

-김태산, 이놈! 내가 널 좋게 보고 오크들을 하사해 줬거늘! 감히 배신하는 거냐!

"배신은 무슨! 애초에 널 따를 생각도 없었다!"

카라그를 공격한 건 김태산이었다. 김태산의 전신은 온갖 화려한 색으로 번쩍이고 있었다. 얼마나 버프를 받은 건지 파악하기 힘들 정도!

-어리석구나, 김태산! 지금 배신할 이유가 있느냐? 날 쓰러뜨리면 여기 오크들을 다 가질 수 있다고 생각했느냐!

"무슨 헛소리를 하는 거냐?"

김태산은 망치를 들고 카라그를 향해 겨눴다.

-그게 아니라고? 그러면 왜 배신을 한 거냐!

"……내 아들은 패도 내가 팬다!"

-?!

그렇다. 카라그를 공격한 이유는 단순한 하나였다. 다른 놈이 태현을 패는 건 더 이상 못 봐주겠다! 오크 군세를 얻거나 대족장의 자리를 얻기 위해서가 아니었다.

처음에 태현이 올라와서 두들겨 맞기 시작할 때, 김태산은 기쁜 표정으로 고개를 끄덕였다.

"저놈 당황한 거 봐라! 봤지?"

"태현이 저놈도 당황하네요! 크핫핫핫!"

오크 아저씨들은 껄껄대며 웃었다. 뒤에서 오크 전사들은 그 모습을 보고 수군거렸다.

"취익, 함정에 빠진 적을 보고 저렇게 비웃다니. 보통 사악한 게 아니다."

"칙, 절대 거스르지 말아야겠다."

[오크 전사들의 복종도가 오릅니다.]

"응?"

김태산은 갑자기 복종도가 오르자 의아했지만 신경 쓰지 않고 넘어갔다. 지금 중요한 건 태현이 당하는 걸 보는 것!

"팝콘 어딨냐! 오늘을 위해 준비를 해놨지!"

오크 아저씨들은 일제히 〈뛰어난 손맛을 가진 요리사가 만든 단맛 팝콘〉을 꺼내 들었다.

오늘을 위해 준비한 아이템! 그렇게 태현이 두들겨 맞다가 도망치는 꼴을 보려고 했는데, 상황이 이상하게 흘러갔다.

저 던전 출구에서 스미스가 나온 것!

"?!"

거기에서 끝나지 않았다. 이세연까지 나와서 언데드들을 소환하기 시작!

"쟤 아까 우리가 들여보내 준 마법사 아니냐?"

"맞, 맞는 거 같은데요?"

"그런데 왜 이렇게 세 보이지……?"

아저씨 중 한 명이 급하게 이세연의 정체를 검색했다.

"네크로맨서 랭커라는데요?!"

"뭐?!"

상황이 점점 이상하게 흘러가고 있었다. 빠져나가야 하는 태현은 스미스와 싸우더니 오크들의 주문 폭격을 맞고 발이 묶였다. 거기에 대족장까지 덤벼들기 시작!

이쯤 되자 슬슬 김태산이 몸이 달았다. 도망칠 줄 알았던 태현이 도망치지 않는 것이다.

"저놈 왜 안 튀는 거야?!"

"글, 글쎄요."

태현의 스킬들은 대부분 마음만 먹으면 손쉽게 도망칠 수 있는 스킬들이었다. 태현의 스킬들을 전부 다 알지는 못해도 그 정도는 알 수 있었다. 그런데 태현은 무슨 이유라도 있는지 도망치지 않고 계속 자리에 남아 있었다.

대족장이 기회를 줬는데도 싸우려는 모습!

"끄으응……."

김태산이 고뇌로 가득 찬 앓는 소리를 냈다. 그걸 본 양성규가 손짓했다.

"야. 버프 좀 걸어드리자."

-내달리는 발걸음.

-고대 정령의 여섯 빛 가호.

-몰아치는 팔.

순식간에 긴태산에게 걸리는 버프들! 주술사 직업을 가진 플레이어가 건 버프도 있고, 스크롤을 쓴 버프도 있었다.

"뭐하냐?"

"형님 하고 싶은 대로 하시라고 걸어드렸습니다."

"……."

김태산은 머뭇거리며 양성규를 쳐다보았다. 이미 김태산이 무슨 생각을 하는지 알아차린 양성규였다. 둘이 같이 보낸 시간을 생각해 보면 당연한 것!

"하면 후회하지 않겠냐?"

"안 하셔도 후회하시지 않겠습니까."

"그렇지?"

"형님이 자주 하는 말이……."

"해도 후회하고 안 해도 후회하면 하고 후회해라 이거였지. 그래! 나 저놈 도우러 간다!"

김태산은 망치를 들었다. 오크 아저씨들은 그럴 줄 알았다는 듯이 어깨를 으쓱거렸다.

"내 아들을 건드려도 되는 건 나밖에 없다, 카라그 이 자식아!"

그렇게 외치며 전력을 다해 카라그에게 돌격했다.

-그렇게 죽고 싶다면 같이 죽어라, 김태산!

카라그는 거대한 무기를 가볍게 휘둘렀다. 마치 풍차처럼, 대검이 연속으로 들어왔다.

캉! 카캉! 카카카캉!

[무지막지한 괴력이 담긴 공격을 받았습니다. 무기의 내구도가 빠르게 감소합니다.]

[팔이 마비 상태에 빠집니다. 몰아치는 팔 주문으로 인해 저항에 성공합니다.]

"이 자식 힘이 뭐 이렇게 좋냐? 얘들아!"

버프를 잔뜩 받아서 견딜 수는 있었지만, 오래 갈 수 없다는 건 김태산도 알고 있었다. 어차피 지금 온 건 카라그를 잡기 위해서가 아니었다.

우르르-

김태산의 말이 떨어지자 바로 돌격을 시작하는 오크 아저씨들!

콰콰쾅!

"취, 취익! 배신자들!"

"배신은 무슨! 종족이 오크라고 다 친하게 지낼 줄 알았냐 이 순진한 놈들아!"

주변에 있던 오크 정예 전사들은 오크 아저씨들의 공격을 받자 빠르게 흔들리기 시작했다. 양손도끼나 대검을 휘두르며 묵직하게 치고 들어오는 오크 아저씨들!

현질로 비싼 장비들을 덕지덕지 장착하고, 싸우기 전에는 스크롤로 버프까지 중첩하고 싸우는 이들의 전투력은 무시무시했다.

"야 인마! 뭐 하고 있는 거야! 안 튀고!"

"아, 아버지?"

천하의 태현도 당황해서 말을 더듬었다. 설마 갑자기 김태산이 달려와서 도와줄 줄이야!

"튀어 인마! 이딴 오크한테 죽을 생각이냐?"

-뭐라고?

김태산의 도발(?)을 들은 카라그의 넓은 이마에 힘줄이 돋아났다.

-대족장의 살격!

콰지직!

"크아악!"

김태산은 발이 땅 깊숙이 파묻히는 걸 느끼며 비명을 질렀다. 버프로 인해 HP는 90% 이상 남아 있었지만, 압박감이 장난이 아니었다.

"……케인! 너부터 튀어라!"

혼란스러웠지만 태현은 상황을 파악하고 바로 움직였다. 김태산과 오크 아저씨들이 도와주러 온 이상 한숨 돌릴 수 있는 상황!

-이다비, 있는 놈들 다 데리고 최대한 멀리 튀어! 못 튀면 자기 목숨은 알아서 챙겨야 할 거다!

-네? 네? 그게 뭔…….

-빨리 튀라고!

-알, 알겠어요!

김태산과 오크 아저씨들 덕분에 정수혁, 이다비 일행은 오크들의 공격을 좀 덜 받게 되었다. 그 틈을 타 그들은 포위망에 구멍을 내고 도주를 시작했다.

"칙! 대족장님! 저놈들이 도망을 칩니다!"

-쿵! 내버려 둬라! 어차피 잔챙이 같은 놈들이니!

카라그는 오만하게 외쳤다. 실제로 그렇게 말할만했다. 김태산은 저릿저릿해오는 손을 쥐었다 펴며 생각했다.

'이놈은 대체 레벨이 몇이야?'

김태산을 제외하더라도, 현재 최강지존무쌍 길드원들은 전원이 레벨 100 안팎이었다. 이름만 이상하게 안 알려졌지, 전력만 따지고 보면 정말 강력한 실력파 길드 중 하나! 게다가 싸우기 전에 온갖 버프로 전투력을 뻥튀기하고 들어온 상태.

그렇게 카라그를 공격했는데도 카라그는 피가 제대로 깎이는 느낌도 들지 않았다.

'마르덴 후작보다 더 고렙인가? 그러면 레벨이 250은 넘기겠고, 재수 없으면 300도 넘길 수 있는데…….'

김태산은 태현이 빠지면 같이 빠질 생각이었다. 어차피 그가 이끌던 오크 전사들이 있어서, 그들을 동원하면 도망칠 길은 만들 수 있었다.

'이 자식 어디까지 튀었나?'

김태산은 힐끗 뒤를 돌아보았다. 태현이 멀리 갔으면 그도 슬슬 빠질 생각이었다. 그러나…….

퍼퍼퍼퍼퍽!

[치명타가 터졌습니다!]

-큭, 이놈이!

"야! 인마! 튀라니까!"

튀라니까 튀지는 않고 오히려 대족장에게 달려드는 태현!

김태산은 순간 목덜미가 뻐근하게 당겨오는 걸 느꼈다.

"아버지 먼저 튀시죠!"

"이 자식이 살려줬더니 뻔뻔하게 뭐? 인마? 나 먼저 튀라고? 너 진짜 이러기냐?"

"아니, 저는 살 방법 있으니까 아버지 먼저 튀시라고요!"

"이 자식아! 나도 살 방법 있으니까 너 먼저 튀라고!"

-......

카라그는 어이가 없다는 듯이 둘을 쳐다보았다. 이게 뭔······.

"빈틈!"

-신의 예지, 그림자 잠수, 그림자 도약, 치명타 폭발!

-크아아악!

카라그의 긴장이 살짝 풀어지는 것 같자 바로 들어가는 태현의 매콤한 일격!

절대로 태현 앞에서는 방심하면 안 됐다.

"크하하! 멍청한 놈! 내 아들 앞에서 방심을 하다니! 맛이 어떠냐! 뒤통수가 얼얼하지?"

"아니, 아버지. 지금 적 도발할 때가 아닌데······."

태현한테 폭딜을 맞아도 카라그의 기세는 전혀 꺾이지 않았다. 살짝 긴장을 풀었던 눈이 크게 부릅떠지며 바로 반격이 들어왔다.

-대족장의 분노!

콰콰콰콰콰콰쾅!

[대족장의 분노에 당했습니다. 회피에 실패했습니다. HP가 회복되지 않습니다.]

카라그를 중심으로 터져 나가는 충격파! 태현과 김태산은 뒤로 밀려 나가다가 자세를 잡았다.

'젠장. 이 디버프 언제 풀려?'

오크 주술사들이 저주 폭격을 날린 것 때문에 회피에도 실패한 것 같았다.

"야, 넌 근데 어떻게 빠져나가려고 했냐?"

"아버지는요?"

"나는 내가 받은 오크 전사들 앞에 세우고 길 막은 다음 우리 길드원들 데리고 나가려고 했지."

"저는 제가 데리고 온 사람들 먼저 뺀 다음에⋯⋯."

"뺀 다음에?"

"여기 주변을 날려 버리려고 했는데요."

"⋯⋯뭐?"

김태산은 순간 귀를 의심했다. 뭐라고?

"여기 주변을 날려 버리려고 했다고요."

"어떻게?"

"기계공학하고 폭탄 아이템으로요."

"잠깐만. 그러면 너도 죽잖아?"

"전 한 번 안 죽을 수 있는 스킬 있어요."

'이 자식이 언제 그런 스킬까지 얻은 거야?'

김태산은 속으로 혀를 찼다. 태현의 말을 들어보니 너무 성급하게 도와주러 온 것 같았다. 그냥 내버려 둬도 알아서 잘했을 텐데!

"어쨌든 아버지, 말했으니까 먼저 튀시죠."

"뭐? 싫어, 인마! 너 먼저 튀라니까?"

"아니, 이상한 고집 부리시네! 왜 이런 상황에 이래요? 그냥 터뜨릴까요?"

부자간의 쓸데없는 경쟁심이 하필 이럴 때에 발동됐다.

"……알겠다, 이 자식아!"

김태산과 오크 아저씨들은 동작 한 번에 일사불란하게 퇴로를 만들기 시작했다. 카라그가 김태산을 공격하려고 했지만, 그걸 두고 볼 태현이 아니었다.

파파파팍-

-이 날파리 같은 놈!!

빠르게 흩어지면서 카라그를 공격하는 태현! 아까와는 상황이 달랐다. 지금 주변에는 다른 적도 없고, 태현은 오로지 카라그에게만 집중할 수 있었다. 그리고 일대일만큼 태현의 컨트롤이 발휘되는 상황도 없었다.

카라그의 팔이 휘둘러지면서 뻗어지는 대검의 끝. 엄청나게 빠르고 위협적이었지만 태현은 끝까지 눈을 뜨고 궤적을 파악했다. 냉정하게 파악했다면 그다음은 아슬아슬하게 피해낼 뿐. 태현의 행운을 묶고 회피력을 가둬도 공격을 맞추지 못한다면 의미가 없었다.

-반격의 원!

-크아악!

또 한 대 카운터를 맞은 카라그! 카라그는 분통을 터뜨리며 발을 굴렀다.

'슬슬 터뜨려 볼까?'

툭-

카라그에게 일정한 거리를 두고 시간을 끌던 태현은, 뒷걸음질 치다가 뭔가 부딪혔다는 걸 깨달았다.

"?"

"헉, 헉……."

"……넌 왜 여기 있어 멍청한 놈아!"

"내가 오고 싶어서 온 줄 아냐!"

울컥해서 받아치는 케인! 다른 사람들은 모두 다 도망치고 있는 상황에서 혼자 돌아온 케인이었다.

"돌발 퀘스트가 떴다고……!"

"뭐?"

〈주인을 보호해라-아키서스의 노예 돌발 퀘스트〉

아키서스의 노예는 아무나 할 수 있는 직업이 아니다. 자기가 죽더라도 주인을 보호하려는 강직한 충성심을 가진 사람만이 할 수 있는 직업인 것이다. 주인이 죽을 수 있는 상황에서 먼저 빠져나가는 건 있을 수 없는 짓이다. 곁으로 돌아가서 주인을 보호해라.

퀘스트 실패 시 페널티.

보상: ?, ???

'……뭐 이딴 직업이 있냐?'

직업을 준 태현도 어이가 없는 퀘스트! 〈아키서스의 노예〉의 좋은 성능에 눈이 뺏겨서 눈치를 채지 못했지만, 세상에 장점만 있는 직업은 없었다.

생각해보면 당연한 것! 케인의 원래 직업인 〈붉은 피의 전사〉와 비교했을 때, 〈아키서스의 노예〉는 지나치게 성능이 좋았다. 더 높은 방어력, 더 다양한 스킬, 더 적은 페널티! 그때 냉정하게 생각을 해봤어야 했다. 아무리 그래도 그렇지, 장점만 있는 직업이 있을까?

그랬다. 〈아키서스의 노예〉는 좋은 성능을 가진 대신 이런 식으로 페널티가 붙는 직업이었다. 아키서스의 화신을 무조건적으로 보호하지 않으면 페널티를 받는 직업! 아무리 치사하고 더러워도, 아키서스의 화신을 보호하지 않으면 페널티가 들어왔다. 심지어 아키서스의 화신이 도망치라고 해도!

'아니, 이건 좀 아니지 않나?'

케인한테 설명을 들은 태현은 당황했다. 자기가 명령해도 도망치지 못한다니. 이게 의외로 까다로운 조건이었다. 이런 상황에서는 더욱.

"진짜 내가 왜 이딴 직업을 가져가지고! 〈노예의 헌신〉!"

케인은 자포자기하며 크게 외쳤다. 순간 눈부신 청색 빛이 뿜어져 나오더니, 태현에게 걸린 모든 디버프가 사라졌다.

[쇠락해지는 기운 저주가 완전히 사라집니다.]

[눈을 가리는 정령 저주가 완전히 사라집니다.]

[피를 말리는 악령 저주가 완전히 사라집니다……]

수십 개가 넘게 걸렸던 저주들이 일순간에 사라지다니! 무슨 저주계의 종합세트도 아니고, 이만큼 저주가 걸려 있었다는 것에 태현은 어이가 없었다. 오크 주술사들이 얼마나 이를 갈고 저주를 퍼부었으면……

'용케 이 저주를 달고 싸웠네, 진짜.'

어이가 없는 건 어이가 없는 것이고, 그보다 더 신기한 건 케인의 스킬이었다.

"이야, 〈노예의 헌신〉 그 스킬 정말 좋은데? 한 번에 디버프를 지우다니."

이 정도 스킬은 고렙 사제 플레이어가 며칠에 한 번만 쓸 수 있을 정도의 스킬!

"지우는 거 아냐……."

케인의 안색이 좋지 않았다.

"그러면?"

"전부…… 나한테 갖고 오는 거지…… 어쨌든…… 퀘스트는 깼다……!"

"……."

[돌발 퀘스트를 완료했습니다.]

[신성 스탯이 오릅니다.]

'이 자식…… 생각보다 너무 좋잖아?'

태현은 케인을 쳐다보며 생각했다. 케인을 데리고 다니면 거의 목숨을 +1 시켜주는 것이나 마찬가지!

"앞으로 우리 오랫동안 같이 다니자."

"뭔 소리를 하는 거야? 뭘 준비했든지 빨리하라고!"

실제로 태현한테 카운터를 한 대 맞은 카라그는 분노한 눈빛으로 무언가를 준비하고 있었다. 원래라면 바로 덤벼들었을 놈이 저렇게 가만히 서 있자 더 무서웠다.

'딱 봐도 강력한 스킬 준비 중인 거 같은데……'

태현이 하도 피해대니 뭔가 범위 공격을 가하려는 것 같았다. 보스 몬스터라면 당연히 저런 범위 공격을 갖고 있을 것이다.

"케인, 고맙다."

"그건 나중에 말해도 되니까……."

"아니, 네가 죽을 거 같아서. 미리 말해놓는 거야."

"……개××. 알겠으니까 마음대로 해라!"

케인은 포기하고 고개를 끄덕였다. 태현에게 걸린 디버프를 갖고 오는 순간 여기서 죽을 각오를 마친 상태였다. 어차피 페널티를 받을 거라면 퀘스트 실패 페널티나 받지 말자!

태현은 아이템을 꺼냈다.

딸칵-

작은 소리가 묘하게 크게 들렸다.

[불의 마수의 숨결 아이템을 사용하시겠습니까?]

그리고 평원에 화염의 지옥이 펼쳐졌다.

스미스와 검은 바위단은 오크의 공격이 시작되자 한 발짝 떨어져서 태현을 구경하고 있었다. 당연히 그들한테도 오크 전사들의 공격이 들어왔지만, 그 정도 공격은 쉽게 막아낼 수 있었다. 창과 도끼를 들고 달려드는 오크 전사들은 검은 바위단에게 손도 대지 못하고 박살!

 "칙! 저놈들 너무 강하다!"

 "대족장님께서 처리해 주실 거다!"

 몇 번 공격했는데도 전혀 틈이 안 보이자, 오크들은 머뭇거리며 물러섰다. 지금 어디까지나 중요한 건 대족장의 원수인 케인을 처리하는 것!

 덕분에 스미스와 검은 바위단은 여유를 갖고 구경할 수 있었다.

 "김태현이 밀리는데요?"

 "잘 됐습니다. 기다리다가 김태현 씨가 항복을 하면 저희가 가서 도와주면 될 것 같습니다."

 스미스의 말에 구성욱은 속으로 생각했다.

 '김태현이 그럴 거 같지는 않은데…….'

 아무리 생각해도 태현이 항복을 외치고 아이템을 내놓는

상황은 상상이 가지 않았다. 그런데 상황이 이상하게 흘러갔다.

"응?"

갑자기 오크들을 이끌고 있던 대장군 오크 플레이어가 길드원을 이끌고 돌격!

"으, 으응??"

그러더니 카라그를 막고 태현을 구출!

"뭐야?"

"저기 있던 오크, 김태현하고 알고 지내던 사이였나?"

"친한 모양인데? 구하는 거 보니까……."

김태산이 들으면 '친하긴 누가 친해!'라고 화를 냈을 소리였지만, 그때 김태산은 카라그와 싸우느라 정신이 없었다. 검은 바위단 길드원들은 태현과 김태산이 카라그와 싸우는 모습에 정신이 팔렸다. 강력한 보스 몬스터와 싸우는 플레이어들은 언제나 사람의 시선을 잡아끄는 힘이 있었던 것이다.

몇 배는 커다란 덩치를 가진 오크가 뿜어내는 박력! 거기에 지지 않고 덤벼드는 플레이어들! 게다가 언젠가 카라그와 싸워야 할 상황이 오게 될지도 몰랐다. 그래서 검은 바위단 길드원들은 모두 집중해서 카라그를 쳐다보았다. 알아낼 수 있는 건 모두 알아낼 수 있도록.

그렇기에 그들은 눈치채지 못했다. 다른 쪽에 있던 정수혁 일행이 최대한 멀리 도망치기 시작했다는 것을.

"……?"

"왜 그러시죠?"

"뭔가 이상합니다."

스미스가 얼굴을 굳혔다. 태현을 따르는 다른 플레이어들이 저 멀리 도망치고 있었던 것이다.

"예? 그냥 오크들한테 도망치는 거 아닙니까?"

태현이 카라그에게 패배한다면, 다른 사람들이라도 살아야 했다. 태현한테 오크들의 시선이 집중됐으니 다른 사람들이 도망가는 건 쉬웠다. 그러나 스미스는 얼굴을 찌푸렸다. 뭔가 이상한 느낌이 들었던 것이다.

"뭔가…… 놓치고 있는 것 같습니다만……."

그에 비해 이세연은 한결 나았다. 그녀는 태현이 어떤 사람인지 스미스보다 더 잘 알고 있었던 것이다. 언데드들을 일으키면서 오크들을 막고, 태현과 김태산이 카라그와 싸우는 걸 본 이세연은 고개를 갸웃거렸다.

다른 사람들이 자리에서 빠져나가고 있었던 것이다.

'이거 뭔가 이상한데?'

김태현이 오크들을 붙잡고 있는 사이, 다른 사람들이 빠져나간다? 김태현이 과연 그런 짓을 할까?

'안 할 것 같은데.'

그렇다면 지금 일어나고 있는 일의 이유는?

'어, 설마…….'

이세연은 순간 전율했다. 아군을 멀리 보내는 건 도망치게 하는 걸 수도 있었지만, 다른 이유일 수도 있었다.

전체 범위 공격! 이 넓은 평원 전체에 영향을 미칠 정도로 거대한 공격을 어떻게 가할지는 잘 상상이 가지 않았지만, 김태현이라면 충분히 가능했다.

"길을 만들어! 일단 거리를 벌리자!"

-예, 주인님!

이세연이 불러낸 데스 나이트들이 오크들을 쓰러뜨리며 길을 만들기 시작했다.

촥! 촤라락!

-비켜라, 살아 있는 덩어리들아!

-죽음의 주인 앞에 무릎을 꿇어라!

"취익! 이 더러운 언데드 놈들이 어디서!"

"췩! 우리를 우습게 보는 거냐!"

하필이면 이세연이 있는 쪽에 오크 군대들이 득시글거려서 뚫는데 더 시간이 걸렸다.

'김태현이 골렘들만 안 부쉈어도!'

골렘도 다 같은 골렘이 아니었다. 이세연이 부렸던 적철 골렘들은 구하기 힘든 적철 주괴를 아낌없이 넣고, 마법 시약과 골렘의 핵을 구한 다음 오랜 시간을 기다려야 하나를 만들 수 있는 고렙 골렘이었다. 원래 랭커나 보스 몬스터를 상대하기 위한 비장의 카드 중 하나였는데, 김태현은 너무 쉽게 부숴 버린 것이다.

신의 예지로 핵의 위치를 파악하고, 고대의 망치와 각종 스킬들로 인한 폭딜! 덕분에 태현은 공짜로 레벨 업을 하나 하게 된 셈!

'내 스킬들은 다 김태현하고 상성이 안 좋아. 진짜.'

이세연은 불평하며 유령마 위에 올라탔다. 일단 지금 상황이 어떻게 될지는 모르겠지만, 거리는 좀 벌려놓을 생각이었다. 언제나 태현은 예상하지 못한 일을 일으켰으니까.

그 순간, 뒤에서 뜨거운 열기가 훅, 하고 몰려왔다.

[회피에 성공……]

[계속해서 화염 공격을 회피하는 데 성공했습니다. 행운이 오릅니다.]

"행운은 그만 올려 이 자식들아!"

[화염 공격을 회피하는 데 성공했습니다. 화염 저항력이 오릅니다.]

"그래, 이건 좀 좋군."

[불의 마수의 숨결로 인해 오크 전사 134명이 죽었습니다. 명성, 악명이 오릅니다.]

'왜 악명도 같이 오르지? 이 주변을 날려 버려서 오르나?'

태현은 조금도 양심의 가책이 없었다. 그렇지만 지금 전력으로 달리고 있는 태현의 뒤에서 벌어지고 있는 일을 본다면, 악명이 오르지 않는 게 이상한 것이었다.

화르르르륵!

지금 평원의 상황은 불지옥 그 자체!

"쥐이익! 도망쳐라! 도망쳐야 한다!"

"쵝! 저 미친 인간 놈이 평원에 불을…… 풀었다!"

"쥐익! 대족장님을 보호해라! 부상을 당하셨다!"

평원 전체에 화염이 날뛰고 있었지만, 가장 심한 타격을 입었던 건 불의 마수의 숨결을 터뜨렸을 때 가장 가까이 있었던 대족장 카라그였다. 태현이 터뜨리는 순간 그대로 직격!

[대족장 카라그가 불의 마수의 숨결에 직격당했습니다.]

[대족장 카라그가 <사디크의 영원한 불> 저주에 걸립니다. 저항에 실패합니다.]

[대족장 카라그가 움직이지 못합니다. 오크 군대의 사기가 내려갑니다.]

[일부 오크들이 대족장을 보호하기 위해 움직입니다.]

[일부 오크들이 도망치기 시작합니다.]

[기계공학 스킬이 크게 오릅니다.]

[칭호: 자폭하는 기계공학자를 얻습니다.]

칭호: 자폭하는 기계공학자

자폭하는 기계공학자: 당신은 기계공학을 위해서라면 당신 몸에 폭탄을 붙이고서도 터뜨릴 수 있습니다.

높은 자리를 가진 NPC들이 두려움을 가짐, 근접에서 폭발 대미지 증가, 폭발 저항력 증가.

대족장 카라그는 죽지는 않았지만, 상태 이상에 제대로 걸렸는지 불의 마수의 숨결에 직격당하고 나서 움직이지 않았다. 그러자 태현은 욕심을 부리지 않고 뒤로 돌아서 전력으로 달리기 시작했다.

잡고 싶었지만, 잡을 상황이 아니었던 것이다.

사방으로 퍼져 나가는 화염지옥!

단순히 화염이 아니었다. 누가 사디크 교단이 만든 보스 몬스터 아니랄까 봐, 곳곳에서 여러 스킬이 자연적으로 터져 나왔다.

[사디크의 화염 창이 지역에 쏟아져 내립니다!]
[사디크의 분노의 화염이 당신을 휘감습니다. 회피에 성공합니다.]
[사디크의 열이 당신을 공격합니다. 회피할 수 없습니다. HP가 감소합니다.]

태현이 터뜨린 곳을 중심으로 퍼져 나가는 화염들.

당연히 터뜨린 곳이 가장 위험하고 격렬했다. 빠르게 도망치기 시작했고, 대부분 회피했는데도 쭉쭉 깎이는 HP! 이런 상황에서 화염지옥의 중앙에 있는 카라그를 잡겠다고 남는 건…….

'과욕이지.'

게다가 믿고 있던 카라그가 당하자 멀리서 지켜만 보고 있던 오크들이 미친 듯이 달려오고 있었다.

대족장을 구하기 위한 충성심! 화염도 무섭지 않은 것 같았다.

"췩! 대족장님을 끌고 후퇴해라!"

"취이익! 인간 놈! 네 얼굴을 절대 잊지 않겠다!"

"……."

케인을 데리고 화염 사이를 전력 질주하던 태현은 뒤에서 들려오는 오크들의 한 서린 저주에 찜찜해지는 걸 느꼈다.

적을 줄이지는 못하고 더 늘린 기분!

'카라그 저놈 그냥 여기서 죽어주면 좋겠는데.'

날로 먹겠다는 생각을 하며 태현은 입맛을 다셨다.

CHAPTER 4

"으아악! 나 죽는다! 나 죽어!"

"아, 시끄러워, 이 자식아. 안 죽으니까 조용히 하고 포션이나 빨아."

태현은 케인을 들고 달리고 있었다. 케인한테 화염 공격이 들어오면 태현이 막아주기 위해서였다. 온갖 디버프를 가져간 덕분에 케인은 거의 죽기 직전 상태!

간신히 포션만 빨고 있는 상태였다.

"어, 저기 스미스다."

"뭐?! 스미스?!"

"괜찮아. 자식아. 저쪽도 우리하고 싸울 여유가 없을걸."

실제로 그랬다. 스미스와 검은 바위단 길드원들은 필사의 탈출을 찍고 있었으니까.

"김태현하고 엮이면 되는 게 없어!!!"

구성욱은 그렇게 외치며 달렸다. 뒤에서 열기가 후끈하게 느껴졌다. 태현이 대족장하고 싸울 때만 해도 일이 이렇게 흘러갈 거라고는 생각지 못했다. 어떻게 상황이 이렇게 한 번에 뒤집힌단 말인가!

태현 일행을 포위한 오크 대군세. 그들이 노리는 게 태현 일행인 이상 태현은 빠져나갈 수 없을 줄 알았다. 그런데 지금, 평원은 난리가 났고 그 많던 오크들은 비명을 지르며 도망치고 있었다. 미친 듯이 덮쳐오는 화염에 검은 바위단 길드원들도 각종 버프를 걸고 달리는 중!

-크아아아!

[사디크가 불러낸 화염 악령이 덤벼듭니다!]

"바빠 죽겠는데 진짜!"

"제가 처리하겠습니다!"

말 위에 탄 스미스가 번개처럼 화염 악령을 꿰뚫었다. 그러자 화염 악령의 형태가 일그러지며 폭발하듯이 터져 나갔다. 단순히 화염만 있는 곳이 아니라, 사디크가 불러낸 각종 화염 재앙들이 곳곳에서 나타나는 곳!

오스턴 왕국의 평범했던 평원은 완전히 변해가고 있었다.

"으아아! 진짜 뭐야?!"

이세연도 황급하게 말을 달리고 있었다. 챙겨야 할 사람들이 많은 스미스와 달리, 이세연은 혼자였기에 한결 더 나았다. 게다가 이동 계열 스킬도 많았고, 거리를 좀 더 벌려놓은 것도 있었기에 그녀는 크게 손해를 입지 않고 무사히 평원을 빠져나올 수 있었다.

"와, 완전히 난리가 났네……."

이세연은 고개를 절레절레 저었다. 태현을 무시한 적은 없었지만, 그래도 이런 일을 벌일 줄이야.

완전 생지옥!

평원에서 무시무시한 위압감을 뿜던 오크 대군세는 완전히 혼란에 빠져서 이리 뛰고 저리 뛰고 있었다. 대족장 카라그가 상태 이상에 빠진 것 때문에 명령도 제대로 내려지지 않는 상황!

덕분에 오크 부족들은 각자 알아서 움직이고 있었다.

원래 카라그가 데리고 온 오크들은 우르크 지역에 있던 오크 부족들을 전부 연합해서 데리고 온 것이었으니까.

"취익! 대족장은?"

"칙! 연락이 되지 않습니다!"

"취…… 대족장이란 놈이 쓰러지다니! 대족장의 자격이 없다! 우리는 우리끼리 행동한다!"

각 부족장들은 오크들을 데리고 헐레벌떡 평원을 빠져나갔다. 그런데도 불구하고 오크들의 숫자는 많이 줄어 있었다. 절반 넘게 평원에서 화염에 휩쓸려 사라진 것이다.

[레벨 업 하셨습니다.]

[레벨 업 하셨습니다.]

[칭호: 오크 대군세를 막아낸 영웅을 얻었습니다.]

케인을 들고 간신히 빠져나온 태현을 맞이해 준 건 기분 좋은 메시지창이었다. 이 평원을 불태워 버리고 오크 전사들을 학살한 것으로 얻은 경험치! 거기에다가 칭호: 오크 대군세를 막아낸 영웅까지 덤으로 들어왔다. 오크들을 상대할 때 추가 보너스를 받는 칭호. 어쩌다 보니 태현은 대(對) 오크 능력이 점점 강력해지고 있었다.

'이제 겨우 63인가?'

레벨: 63

직업: 아키서스의 화신

HP(체력): 13,750

MP(마력): 13,090

힘: 380(+35), 민첩: 396(+35)

체력: 430(+35), 지혜: 402(+35)

행운: 3,579(+35)

새삼스럽게 어마어마한 스탯이라는 것이 느껴졌다. 스탯 합만 보면, 심지어 행운 스탯을 제외해도 랭커에게 밀리는 스탯은 절대 아니었다.

'중구난방 올라간 게 아쉽지만 그건 어쩔 수 없고.'

〈아키서스의 화신〉직업 효과로 얻은 막대한 보너스 스탯들! 레벨 업을 할 때마다 HP와 MP가 올라가기에, 그 부분의 약점을 제외한다면 태현은 의외로 균형 잡힌 스탯을 가지고 있었다. 패시브 스킬 때문에 강제로 그렇게 된 거였지만……

'추가 스탯 확인.'

공포: 1,010

명성: 7,960

악명: 6,620

신성: 2,633

"……."

태현은 순간 멈칫했다. 공포 스탯, 악명 스탯이 너무 올라와 있었던 것이다.

'아니, 내가 뭘 했다고?'

언제나 태현이 보이는 반응은 똑같았다.

나는 하늘 아래에 한 점 부끄러움이 없다!

물론 게임 시스템은 태현이 떳떳하더라도 넘어가지 않고 냉정하게 체크를 했다. 신성 스탯과 명성 스탯이 커버를 하고 있지만, 언제 경비병이 '이런 살인마! 우리 도시에 들어오려고 하다니! 꺼지지 못할까!' 하고 외쳐도 이상하지 않을 수준의 악명이었다.

'아, 진짜. 그렇다고 해야 할 걸 안 할 수도 없고…….'

태현은 살짝 고민에 잠겼다. 악명 스탯을 관리하려면 나쁜 짓을 하지 않아야 했다. 예를 들자면, 다른 길드원들을 공격하거나, 다른 길드원들의 주머니를 털거나, 길드원들의 성을 뺏거나…….

'흠. 그냥 악명 오르고 말지 뭐.'

잠시 고민하고 나서 쿨하게 포기한 태현! 가는 도시마다 욕을 먹고 쫓겨나더라도 하고 싶은 짓은 할 생각이었다.

"헉, 헉…… 나 살아 있냐?"

"그래. 살아 있다."

"으으…… 다시는 이런 짓 하지 말아야지……."

케인은 그렇게 말하면서 일어나려고 했다. 하도 디버프를 많이 받아서 걷는 것만으로도 어지러웠다.

[아키서스의 화신을 성공적으로 보호했습니다.]

[당신의 살신성인적인 행동은 감동적이었습니다. 칭호: 걸어다니는 고기 방패를 얻습니다.]

'……'

순간 울컥한 케인!

"지금 장난하……."

[퀘스트 특별 보상이 추가로 들어옵니다.]

[레벨 업 하셨습니다.]

[레벨 업 하셨습니다.]

[아키서스의 노예 패시브 스킬 레벨이 오릅니다. 더욱더 빠르게 회복합니다.]

"……충성충성충성!"

분노는 빠르게 사라졌다. 케인은 힘차게 자리에서 일어섰다. 방금 한 고생이 싹 잊힐 정도의 보상! 아니, 오히려 이런 보상이 주어진다면 할 만하다는 생각이 들었다. 케인은 태현을 쳐다보며 생각했다.

'이 자식, 또 위험해질 일 없나?'

"……뭔가 안 좋은 기분이 드는데. 너 설마 내 욕했냐?"

"……!"

그리고 이런 속마음은 귀신같이 눈치채는 태현이었다.

"그래도 다들 용케 잘 살아나왔다."

태현은 침착하게 말했다. 그러나 다른 사람들은 모두 절반쯤 혼이 빠져나간 얼굴이었다.

"흑흑…… 왜 우리 길마님은 김태현을 따라다닌다고 해가지고……."

"가늘고 길게 산다면서요, 흑흑…… 이게 뭐야……."

별생각 없이 '신난다~' 하고 태현을 따라왔다가 목숨을 건 롤러코스터를 타는 경험을 하게 된 파워 워리어 길드원들!

쑤닝 길드와 싸우고, 쑤닝 길드의 성을 뺏고, 지하로 들어갔더니 랭커 스미스와 싸우고, 이세연과도 싸우고…….

정말 가는 곳마다 싸움을 만드는 태현!

마치 죽고 싶어서 환장한 것 같았다. 파워 워리어 길드원들이 울먹이며 징징거렸지만 태현은 못 들은 척했다.

"뭐, 긍정적으로 생각하자고. 오크들이 나눠지고 대족장은 크게 다쳤으니까 한동안 오크 공세는 없을 거 아니야?"

"저…… 그러면 대족장이 부상에서 나으면 위험한 거 아닌가요?"

이다비가 손을 들고 물었다. 그러자 태현은 손짓했다. 가까이 오라는 신호! 이다비는 순진하게 가까이 다가갔다.

탁!

"읍읍!"

이다비의 손을 억지로 쥐더니 스스로의 입을 막게 했다.

"지금 위험을 피했으면 됐지, 나중 일까지 생각하면서 슬퍼해야 해? 응?"

"읍! 읍읍읍!"

"사람이 그렇게 부정적이면 안 된다고. 긍정적으로 봐야지.

자, 이제 긍정적으로 보이지?"

끄덕끄덕-

"좋아."

"헉헉. 아니, 전 그냥 상황을 예측했을 뿐인데요……."

이다비는 거리를 벌리며 태현에게 말했다.

"너희 길드원들이 더 겁먹을 거 아냐. 귀찮게 좀 만들지 마. 할 일도 많은데."

이다비의 입을 다물게는 했지만, 태현은 이다비의 말이 맞다고 생각했다. 오크 군대가 흩어져서 후퇴했고, 대족장이 크게 다쳤지만, 결국 회복하면 다시 반복될 일!

'그나마 이렇게 대공세는 못 벌이겠지.'

오크들이 절반 넘게 죽고 부족들이 나뉘어서 도망쳤는데 다시 쉽게 뭉치지는 못할 것이다.

"그러면 앞으로 어떻게 해야 할 생각이에요?"

"일단 여기 있을 생각인데. 그리고 너희 길드원들 좀 불러와. 파워 워리어 길드원들은 숫자 많잖아."

"네? 뭐 하시려고요?"

"평원에 남은 아이템들 챙기려고."

"……."

저 불바다를 보고 남은 아이템을 챙기겠다는 생각을 하다니. 이다비는 감탄했다.

'이 사람은 아무리 봐도 파워 워리어 길드로 들어왔어야 하는 사람이야.'

태현이 들었다면 화를 냈을 속마음! 이다비는 그 마음을 숨기고 말했다.

"그런데 불이 언제 꺼지죠?"

"몰라. 곧 꺼지겠지."

그렇게 그들은 기다렸다. 그런데 뭔가 이상했다. 평원을 활활 태우고 있던 화염이 꺼지지 않는 것이다.

아니, 오히려 점점……?

"……불이 안 꺼지는데요?"

"아니, 그보다…… 여기로 오는 거 같은데?"

더 넓어지고 있는 화염! 속도가 느려서 분명 점점 넓어지고 있었다.

"에이, 아닐 거야. 야. 누가 물이나 좀 뿌려봐."

"쉬익. 내가 해보겠다."

오크 주술사 중 한 명이 지팡이를 들더니 물로 만들어진 화살을 연달아 쏘아 보냈다.

파파팍!

[사디크의 힘이 담긴 화염은 보통 물로는 꺼지지 않습니다.]

"······그러면 뭘 해야 꺼지는데?"

기다리기라도 한 것처럼, 동시에 뜨는 퀘스트창!

〈오스턴 왕국에 나타난 사디크의 영원한 화염-오스턴 왕국 퀘스트〉
누군가가 오스턴 왕국 평원에 사디크의 화염을 풀어놓았다. 사디크의 정수가 담긴 화염은 일반적인 방법으로는 사라지지 않는다. 오히려 시간이 지날수록 점점 더 커지고 넓어질 것이다.

평원에 풀린 화염이 오스턴 왕국을 집어삼키기 전에, 사디크 교단을 조사해 평원의 화염을 끌 방법을 찾아야 한다.

보상: ?, ??, 오스턴 왕국 1왕자와 2왕자를 만날 수 있음.

"······."

태현한테만 뜬 퀘스트창이 아니었다. 현재 오스턴 왕국에 있던 플레이어들에게는 모두 동시에 뜬 퀘스트창!

자리에 있던 다른 사람들은 빤히 태현을 쳐다보았다. 아무 말 하지 않았지만 무슨 뜻인지는 명백했다.

-이거 이제 어쩔 겁니까!

"뭐······ 어차피 내 영지는 오스턴 왕국에 없잖아?"

누가 들었다면 멱살을 잡으려고 했을 소리였다.

"아니, 진짜 괜찮은 거예요?!"

"튀면 되지 않나? 어차피 오크들도 이제 나뉘어서 자기 살길 고민할 거 같은데."

"이미지가 있잖아요! 이렇게 일 벌여놓고 가면 그 멋있던 김 태현 이미지가 뭐가 돼요?"

"그런 게 있었나? 난 별로 신경 안 쓰는데."

확실히 그랬다. 태현은 이미지에 신경을 안 썼으니까. 남이 욕해도 별로 신경 쓰지 않고 사는 게 태현!

태현은 문득 생각에 잠겼다.

'그런데 이걸 내가 했다는 걸 다른 사람들이 알 수 있나?'

이 자리에 있는 사람들은?

태현 일행은 제외하고, 이세연과 스미스 일행이 있었다. 이 세연과 스미스는 둘 다 방송을 하는 플레이어였다. 방송국과 손을 잡고 하는 방송과 개인 방송을 같이 하는 플레이어.

'자기들이 얻으려는 왕관 뺏긴 걸 굳이 공개할 것 같지는 않은데? 괜히 경쟁자만 늘리는 짓이잖아.'

태현의 예측은 정확히 맞아떨어졌다. 랭커들 사이에서는 어떤 퀘스트를 하는지, 어떤 아이템을 얻으려고 하는지, 이런 정보 하나하나가 매우 중요했다. 괜히 랭커들이 자기 정보를 숨기는 게 아니었다.

만약 이세연이나 스미스가 〈잊혀진 망자의 왕관〉을 얻으려고 한다는 정보가 퍼진다면? 둘을 견제하려는 많은 플레이어가 저 왕관을 먼저 얻으려고 온갖 짓을 할 게 분명했다.

실제로 이세연이나 스미스는 개인 방송을 해도 정보를 숨기는 데 꽤 많이 신경을 썼다. 이동하는 장면은 방송하지 않는다거나, 중요한 퀘스트는 아예 다 끝난 다음에 방송을 한다거나……

　'내가 왕관 가져간 걸 공개하면 자기들이 왕관 되찾기 더 힘들어진다는 걸 알 텐데 그런 짓을 하려나?'

　"여러분. 죄송합니다. 제가 부족해서……"

　"아, 아닙니다!"

　"스미스 님은 최선을 다해주셨어요!"

　진심으로 고개를 숙이는 스미스! 검은 바위단 길드원들은 어쩔 줄 몰라 했다. 그들도 옆에서 상황을 같이 겪었다. 이건 스미스 탓이 아니었다. 그 상황에서 아무도 죽지 않고 빠져나온 게 천만다행! 다들 화염 속에서 날뛰느라 체력은 쭉쭉 깎이고 온갖 디버프는 다 받은 상태였지만 그래도 살아는 있었다.

　"길마님한테는 제가 연락해서 말씀을 드리겠습니다. 다시 한번 죄송합니다."

　"그런……"

　스미스의 태도에 검은 바위단 길드원들은 다시 한번 감동을 받았다.

이게 바로 참 인성이구나!

'그에 비해 김태현은······.'

구성욱은 태현을 떠올렸다. 스미스 같은 참인성과 비교한다면 태현은 비교하기도 부끄러울 정도! 스미스는 검은 바위단 길마와 귓속말로 연락을 했다. 검은 바위단 길마는 상황을 듣고 당황해했다.

-아니, 그런 일이 있었습니까? 그러면 더 이상 안 하셔도 괜찮습니다. 이제까지 해주신 거로도 충분한데요.

-그렇지만 제가 못 찾았는데······.

-남은 건 저희가 하겠습니다. 그 던전을 깬 것만으로도 감사합니다.

검은 바위단 길마는 스미스한테 감사 인사를 하고 더 이상 참가하지 않아도 된다고 말했다.

-스미스 님도 지금 자기 할 거 때문에 바쁘실 텐데, 더 이상 시간을 쓰게 하는 것도 그렇죠.

길마는 그렇게 마무리를 짓고 스미스를 보냈다. 스미스는 미안해하면서 작별 인사를 했다.

-남은 건 우리가 해야지. 왕관을 김태현이 가져갔다고?

-네.

-가져올 방법이 있나?

-교섭해 볼까요?

-아니면 위험도 괜찮을 것 같은데. 통하려나?

-김태현이 랭커긴 하지만 우리가 랭커 하나 못 상대하지는 않잖아요. 김태현 수준이 어느 정도지?

-스미스랑 맞붙어도 안 밀리던데.

-미친. 그 정도야?

길드원들은 웅성거리며 떠들었다. 그러는 와중, 구성욱은 뭔가 떠올렸다.

'어? 잠깐만. 나 김태현한테 〈교황의 축복을 받은 강철〉 받아야 하는데……?'

고민하고 고민했지만 다른 방법보다는 그게 그나마 가장 빠른 방법! 문제는 구성욱과 그의 길드가 방금 김태현과 싸웠다는 것에 있었다.

'……달라고 하면 안 주겠지……?'

그냥 달라고 해도 안 줄 태현의 성격에, 그런 일까지 있었으니……. 구성욱은 갑자기 앞날이 어두워지는 걸 느꼈다.

<퇴각하는 오크 군대를 추격하라-오스턴 왕국 퀘스트>

오스턴 왕국을 유린하며 날뛰던 오크 대군세는 대족장 카라그의 부상으로 인해 나뉘어서 후퇴하고 있다. 평원에서의 일로 많은 이들이 다

쳤지만 아직도 많은 오크 전사들이 남아 있다. 이들을 내버려 둔다면 훗날의 위험이 되리라.

보상: 오스턴 왕국 내에서의 평가 상승, 오스턴 왕자와 만날 기회 생김.

"이게 대체 뭔 일이냐??"

사디크의 영원한 불꽃을 끄라는 퀘스트와 함께, 갑자기 오크 군대가 퇴각한다는 소식이 뜨자 플레이어들은 당황했다.

잘나가던 오크들이 왜?

"안 돼 지금 튀면 어쩌라고!!!"

그중 제일 절망한 플레이어들은 오크 군대에 들어가는 퀘스트를 선택한 플레이어들! 오크 대군세가 잘나갈 것 같아서 냉큼 들어간다고 신청했는데, 갑자기 대족장이 이끄는 오크 부족들부터 시작해서 차례대로 후퇴를 시작하다니.

"취익! 대족장님께서 후퇴하셨다. 우리도 후퇴한다!"

"아, 아니. 잠깐만! 지금 뒤에 요새를 보라고! 안 보여?"

한창 요새를 신나게 공격하다가 후퇴를 하면? 당연히 독이 오른 요새 안 플레이어들의 반격이 돌아왔다.

"잘 걸렸다 이 자식들아!"

"오크들 믿고 우리 요새를 털려고 해? 간이 부었냐?!"

방금까지 요새 안에서 버티고만 있었던 게 거짓말처럼 느껴질 정도의 역습! 그렇게 플레이어들이 날뛰는데도 오크들은 반격하지 않고 후퇴에만 집중했다. 신이 난 건 오크들에게 시달리던 플레이어들이었다.

"대족장은 무슨 일이 있었길래 부상을 입은 거지?"

"보통 사이트에 무슨 일 있었는지 뜨는데, 왜 아무것도 안 뜨냐."

"사디크의 화염이 터졌다는데? 사디크 교단이 여기 왜 온 거지?"

제대로 된 정보가 없으니 헛소문만 잔뜩 돌고 있었다. 사이트에서도 마찬가지였다. 오크 군대에 참가한 플레이어들은 대부분 공적치 포인트가 부족해 대족장이 이끄는 본대에 끼지 못했다. 결국 정확한 사실을 알고 있는 건 현장에 있던 플레이어들뿐!

최강지존무쌍 길드원들이야 워낙 인터넷을 안 하니 올라올 일이 없고, 스미스나 이세연은 각자 입을 다물고 있었고, 검은 바위단까지 입을 다물고 있으니……. 어떻게 된 건지 도무지 알 수 없는 상황!

궁금하기는 했지만 플레이어들은 일단 각자 할 일에 집중했다. 도망치는 오크들을 쫓고, 오크 군대에 참가한 플레이어들은 최대한 멀리 도망치고……. 얼추 오스턴 왕국에서 오크 부족들이 다 도망치고 정리가 끝나자, 오스턴 왕국에 와 있던 플레이어들은 상황이 좋지 않다는 걸 깨달았다.

사디크의 영원한 화염!

처음에 '점점 넓어지고 있으니 사디크 교단을 조사해 끌 방법을 찾아보시오'라고 했을 때만 해도, 플레이어들은 별로 신경을 쓰지 않았다. 어차피 평원에 난 불이었으니까. 다들 자기들이 점령한 요새나 성, 도시를 수리하고 주변에 있는 오크들을 몰아내는 데에만 신경을 썼다. 그게 원래 목적이기도 했고. 그러나 화염은 꺼지지 않을 뿐 아니라, 점점 넓어졌다.

"오크들 다 치웠다! 이 요새는 진짜 우리 길드 거야!"

"크흑흑흑! 다른 길드에 비하면 작은 요새지만 그래도 이게 어디야! 이거 하나 얻으려고 정말……."

오크들을 몰아낸 길드원들은 감격의 눈물을 흘렸다. 이 작은 요새 하나를 얻기 위해 얼마나 많은 고생을 했던가! 이제 보상을 받을 때가 왔다. 오크들도 물러갔으니, 이 요새를 잘 수리하고 가꿔서 길드의 본거지로…….

화르륵!

"웅?"

뭔가 타는 소리가 들렸다. 길드원들은 요새의 망루 위로 올라가 밑을 내려다보았다. 요새 앞까지 번진 화염!

"???"

"언제 여기까지 온 거야?"

평원에서 가깝기는 했지만, 설마 이렇게 화염이 꺼지지 않고 요새 앞까지 올 거라고는 아무도 예상하지 못한 상황!

"야! 요새 벽에 불붙었어! 불 꺼!"

"빙결 마법이라도 써봐!"

"불, 불이 안 꺼지는데?"

성벽과 달리 요새의 벽은 대부분 나무 같은 걸로 되어 있었다. 불이 한 번 붙자 그 뒤는 빠르게 타올랐다. 게다가 그냥 불이 아닌, 사디크의 영원한 화염!

[사디크의 힘이 담긴 화염은 보통 방법으로는 꺼지지 않습니다.]

그제야 길드원들은 깨달았다. 저 평원에 놓인 불을 끄지 않고서는 아무것도 없다는 걸!

"요새는 어떡해?!"

"두고 가야 하나?"

"계속 있을 수는 없잖아! 불이 번지는데!"

천천히 다가오는 화염이 그렇게 공포스러울 수가 없었다. 몇몇 길드원들은 어떻게든 불을 꺼보려고 했지만, 전원 실패했다. 결국 눈물을 머금으며 요새를 떠날 수밖에 없었다.

–사디크의 화염 누가 처리 좀 해봐! 오스턴 왕국에서 뭘 할 수

가 없어!

  -나 오스턴 왕국에 이런 시리스폰 포인트로 해놨는데, 이런 시
도 화염에 휩쓸리는 거 아니지?

  -설마 내가 있는 곳까지 오냐?

  사이트에서는 오스턴 왕국 플레이어들의 비명이 흘러넘치
고 있었다. 다들 '설마 내가 있는 곳까지 오겠어?' 하고 낙관적
으로 넘기고 있었지만, 상황은 그렇게 만만하지 않았다. 피해
를 본 플레이어들이 상황을 찍어서 올리자, 다른 플레이어들
도 상황을 깨달았다.

  이거 잘못하면 다 같이 홀딱 망한다!

  -사디크 교단 퀘스트 구한다!

  -어떻게 구한 마을인데! 사디크 교단 퀘스트 깨고 있는 사람?

  -사디크 교단 관련 정보 전부 산다!

  사디크의 화염과 가까운 곳에 자리를 잡은 플레이어들은
다급하게 사디크 교단을 찾기 시작했다.

"아, 진짜. 게임 접을까……."

버포드는 투덜거리며 검을 휘둘렀다. 사디크 교단에 들어갔을 때만 해도, 다른 플레이어들이 얻지 못하는 기회를 그가 잡은 줄 알았다. 국왕 암살 퀘스트까지만 해도 좋았다. 그때가 바로 그의 전성기였다.

'……그 뒤로 쫄딱 망했지만…….'

잡으라는 국왕은 못 잡고, 막으라는 토벌군은 못 막고, 지키라는 성물은 뺏기고, 심지어 나름 횡재했다고 생각했던 반지마저 웬 이상한 중갑 전사한테 뺏겼다.

하락할 대로 하락한 교단 내의 평가!

사디크 교단이 쫓겨나는 규칙이 없어서 망정이지, 다른 교단이었다면 쫓겨났어도 이상하지 않을 평가였다. 그래도 한 게 아쉬워서 붙어는 있었지만, 버포드는 의욕이 많이 내려간 상태였다.

"빨리하지 못하겠나!"

"예, 예. 지금 갑니다."

아탈리 왕국의 국왕, 다미아노 2세의 삼촌인 안토니오는 사디크 교단과 같이 은둔하고 있었다. 버포드는 안토니오가 주는 일일 퀘스트를 억지로 깨고 있었지만……. 보상은 짜고 퀘스트 내용은 구질구질한, 때려치우고 싶은 퀘스트들!

'아. 진짜. 내가 왜 이딴 교단 들어왔지.'

버포드는 한숨을 푹푹 내쉬었다.

그 순간 뜨는 퀘스트창!

〈오스턴 왕국에 사디크의 불꽃을 피워 올려라-사디크 교단 퀘스트〉

많은 패배를 겪고 힘을 잃었지만 아직 사디크 교단은 끝나지 않았다. 현재 오스턴 왕국은 오크들의 습격으로 인해 피폐해지고 몰락한 상태다. 그런 상황에서 평원에 피어오른 사디크의 불꽃은 사디크 신께서 내린 계시!

오스턴 왕국으로 가 사디크의 이름을 넓혀라!

보상: ?, ??, ???

오스턴 왕국이 혼란스러운 틈을 타, 거기로 가 사디크 교단의 영향력을 올리는 퀘스트였다. 버포드는 그걸 보고 무릎을 쳤다.

'역시 이대로 끝나지는 않는구나! 사디크가 그래도 신은 신이야! 거기 평원에 이렇게 불꽃도 피워 올리고!'

물론 태현이 터뜨린 숨결 때문이었지만, 버포드는 거기까지는 알지 못했다. 그냥 사디크가 교단을 위해 피워 올린 불꽃이라고 착각!

착착착-

퀘스트가 뜨자, 사디크 교단의 은신처에서는 오스턴 왕국

으로 떠날 준비가 시작되었다. 많이 실패하고 두들겨 맞은 사
디크 교단이라 규모가 많이 줄어 있었다.

"절대로 들켜서는 안 된다. 정체를 숨기고 은밀하게 행동해
라! 사디크 교단을 널리 퍼뜨리는 거다!"

"예, 대주교님!"

버포드는 아직 오스턴 왕국의 상황을 몰랐다. 지금 그쪽 플
레이어들이 전부 '사디크 교단 어떻게 찾냐'하고 이를 갈고 있
다는 것도.

"선배님, 저도 우르크 지역으로 가야 할 것 같은데요."

정수혁은 아쉽다는 듯이 말했다. 정수혁은 아직 우르크 지
역에서 남은 퀘스트가 있었던 것이다.

"그 오크들 데리고?"

"예, 잘 따르니까…… 괜찮지 않겠습니까?"

"뭐 애완동물 키우냐?"

정수혁도 말하면서 뭔가 아니다 싶었는지 민망해했다. 반짝
반짝한 눈동자로 정수혁만을 쳐다보는 오크 주술사들!

"취익, 위대한 주술사님 만세!"

"칙! 아키서스 만세!"

[현재 오크 부족들 사이에서 아키서스 교단의 영향력이 퍼져나가고 있습니다.]

[믿고 있는 부족의 숫자를 늘릴 경우 우르크 지역에서 영향력을 늘릴 수 있습니다.]

'아니…… 꼭 오크들한테 믿게 해야 하나?'

좋아해야 하는 메시지창이었지만, 아무리 봐도 불길하게 느껴졌다. 좋다고 덥석덥석 받아먹었다가는 나중에 제대로 체할 것 같은 기분!

"뭐…… 열심히 해라."

그렇다고 지금 잘 되어가는데 말릴 수는 없었다. 태현은 정수혁의 어깨를 두드리며 말했다.

"네! 선배님! 열심히 하겠습니다. 우르크 지역에서 아키서스 교단의 이름이 널리 퍼지도록!"

"……그건 그거대로 좀 무서운데."

솔직히 태현은 오크들과 더 이상 엮이고 싶지 않았다.

"수혁이는 갔고, 이제 우리도 움직여야 하는데."

태현은 그렇게 말하고 힐끗 옆을 쳐다보았다.

활활 타오르는 평원!

"저기 들어가서 아이템 챙기는 건 무리겠지?"

"그걸 누가 챙겨 와요?"

태현은 대답 대신 파워 워리어 길드원들을 빤히 쳐다보았다. 시선을 느낀 길드원들은 질겁했다.

"아, 아이템들도 다 파괴됐을 거예요!"

"맞습니다! 저 화염이 보통 화염도 아닌데! 게다가 오크들이 갖고 있던 장비들이라고 해봤자 별거 아니잖습니까!"

이대로 갔다가는 저 화염 속에 그대로 들어가야 한다! 그걸 느꼈는지 파워 워리어 길드원들은 필사적이었다.

"그래? 아쉽네. 아까운데."

"그보다 앞으로의 일을 이야기하죠!"

"맞습니다! 앞으로 할 일이 많잖습니까! 오크를 쫓을까요? 지금 플레이어 중에서는 오크를 쫓는 놈들이 많잖습니까."

"아니면 사디크 교단을 추적해서 평원에 난 화염을 끌 방법을 찾는 건 어떻습니까?"

"그건 다른 놈들 좋은 일 해주는 거잖아. 오스턴 왕국에 영지 가지러 온 놈들보고 해결하라고 해."

"……."

자기가 저지른 짓이지만 일말의 반성도 없는 태현!

'확실히 할 게 많기는 한데.'

태현은 턱을 긁적이며 생각에 잠겼다. 할 수 있는 일들은 많았다. 도망치는 오크들을 쫓거나, 평원의 화염을 끄는 방법을 찾거나, 영지로 돌아가 개발에 집중하거나, 교단의 영향력을 올리거나, 권능을 찾거나…….

'뭘 먼저 해야 하나? 일단 지금 놓치면 할 수 없는 걸 먼저 해야 하는데.'

고민하는 태현에게 이다비가 속삭였다.

"그런데 스미스하고 이세연은 어떻게 된 거예요?"

도망칠 때는 정신이 없어서 물어볼 생각도 안 들었지만 궁금할 수밖에 없었다. 왜 스미스와 이세연이 같이 김태현한테 덤벼들었을까?

"아, 내가 걔네들이 얻으려는 아이템을 갖고 나와서."

"!!!!"

이다비는 기겁했다. 내가 지금 무슨 소리를 들은 거야?

"왜! 왜 그랬어요!"

퍽! 퍼퍽!

태현의 등짝을 두들기는 이다비! 평소에는 볼 수 없던 모습이었다.

"한 대만 더 치면 PK 하자는 걸로 받아들인다."

멈칫!

패닉 상태에 빠져서 태현의 등짝을 두들기던 이다비는 손을 멈췄다. 곧바로 이성이 돌아왔다.

"아무리 그래도 그렇죠, 랭커 두 명을 상대로 원한을 쌓으면……!"

"뭐, 원한 안 쌓으려고 한다고 안 쌓아지는 것도 아니고. 챙길 수 있을 때 챙겨야지."

태현은 그렇게 말하며 아이템, 〈잊혀진 망자의 왕관〉을 확인했다. 과연 둘이 그렇게 난리를 칠 만큼의 가치가 있는 아이템이었을까?

잊혀진 망자의 왕관: 내구력 ∞/∞, 마법 방어력?

스킬 '잊혀진 망자의 강림' 사용 가능, 스킬 '잊혀진 망자의 복종' 사용 가능. 착용 시 '잊혀진 망자의 저주' 상태 이상에 걸림. MP 회복력 50% 상승, 마법 저항력 50% 상승.

고급 흑마법 스킬, 고급 마법 스킬 필요.

이제는 이름이 사라진, 잊혀진 망자가 사용했던 왕관이다. 자격이 되지 않는 흑마법사는 건드릴 수도 없는 비범한 아이템이다.

(추가 옵션) 봉인이 되어 있음.

"……?"

태현은 아이템의 성능을 보고 경악했다. 옵션이 많은 편은 아니었다. 그러나 있는 옵션의 성능은 적은 숫자를 충분히 덮고도 남았다. 간단하면서도 강력한 효과들!

강력한 마법 하나만 써도 MP가 팍팍 소모되는 마법사들 입장에서 MP 회복력 옵션은 무엇보다 탐나는 옵션이었다.

'현재 50%까지 올려주는 아이템이 나온 적이 없었지?'

태현도 놀랄 정도의 아이템 성능. 거기에 더 놀라운 건 이 아이템이 봉인이 되어 있다는 것이었다.

'이세연이 찾는 거 보면 흑마법사 퀘스트로 봉인을 푸는 거 같은데……'

현재 태현이 푸는 건 거의 불가능하다고 봐야 했다. 풀지 않아도 이 정도 성능이라니……. 게다가 스킬 〈잊혀진 망자의 강림〉 같은 경우는 더 충격적이었다. 일정 시간 동안 스킬들의 쿨타임을 0으로 만드는 사기 스킬!

'아니, 아무리 그래도 이런 아이템이 가능한가?'

이쯤 되자 태현은 오히려 함정이 아닌가 의심스러워졌다. 착용 시 〈잊혀진 망자의 저주〉 상태 이상에 걸린다고 되어 있다. 이 정도로 성능이 좋다면, 저 상태 이상이 정말 끔찍한 상태 이상이 아닐까?

'아, 이거 어떤 저주인지 궁금한데 알아낼 방법이 없네. 이세연한테 물어볼 수도 없고.'

태현은 입맛을 다시며 아이템을 집어넣었다. 마법 스킬이 조금만 더 좋았으면 더 좋았겠지만, 지금 수준으로도 충분히 쓸 수 있는 사기적인 아이템이었다. 마음속 한구석이 찜찜한 걸 제외하고서는 말이다. 태현은 꼭 써야 하는 상황이 오지 않는 이상, 일단 묵혀두기로 마음먹었다.

"으…… 김태현을 지금 쫓는 건 무리겠지……."

이세연은 아쉬워하며 오스턴 왕국을 떠났다. 다른 사람들이었다면 쫓던 아이템을 뺏긴 것에 분노하거나, 집착을 해서 끝까지 매달렸겠지만, 이세연은 그러지 않았다. 어차피 캐릭터를 성장시킬 방법은 많았고 그녀가 깨야 할 퀘스트는 더 많았으니까.

'지금 김태현을 제압하는 건 무리야. 제압한다고 하더라도 왕관을 뺏을 방법도 없고…… 나중에 기회가 오겠지.'

이세연은 깔끔하게 포기했다. 어차피 태현은 마법사와 거리가 먼 직업, 저 왕관을 제대로 쓰지도 못할 것이다.

나중에 기회를 잡으면 협상할 수 있으리라.

-언니, 어떻게 됐어요?!

-실패했어.

-네?! 왜요?! 무슨 일이 있었던 거예요?!

-설명하면 긴데…….

이세연은 말하려다 멈칫했다. 태현 때문이라는 걸 말하면 애가 당장 태현을 잡으러 가지 않을까?

'숨겨야겠다.'

-간단하게 말하자면 스미스 때문이야.

이럴 때 편리한 건 역시 스미스! 스미스는 영문도 모른 채 이세연의 길드원들에게 욕을 얻어먹었다.

-그 ××가 감히! 제가 가서 죽이고 올게요!

-참아. 너 스미스보다 약하잖아. 그보다 적철 골렘 새로 만들어야 하는데 재료 좀 준비해 줄래?

-물론이죠!

이세연은 언데드 와이번을 타고 빠르게 오스턴 왕국을 떠났다. 높은 하늘에서는 왕국의 풍경이 한눈에 들어왔다.

'응? 저기 밑에서 싸우나?'

판타지 온라인에서 언제나 볼 수 있는 게 싸움. 이세연은 곧 신경을 끄고 더 높이 날아올랐다. 그러나 귀를 조금만 더 기울였다면 들을 수 있었을 것이다. 플레이어들이 뭐라고 말하는지.

"저놈 사디크 교단이다! 저놈 잡아라!"

"으윽! 사디크 님의 신성한 불꽃이 여기에 나타났는데 너희들은 왜 사디크를 믿지 않는 것이냐!"

"절대 놓치지 마라!"

플레이어들은 눈에 불을 켜고 사디크 교단의 사제들을 쫓았다. 폐허가 된 도시에 들어서서 '혹시 사디ㅋ……'까지 말한 교단의 사제들은 영문도 모르고 도망부터 쳐야 했다.

"아키서스 교단 신전이나 좀 더 짓고 영지로 돌아갈까?"

태현은 지도를 보며 어디 더 뜯어먹을 구석이 없나 고민했다. 이미 길드들이 점령하고 있는 곳에 가서 협박을 했는데도 만족하지 않는 진취적인 태도!

"저, 태현 님. 멀리서 이쪽으로 오는 병사들이 있는데요."

"뭐? 일단 튀자."

"……"

하도 짚이는 게 많았기에 태현은 일단 거리를 벌리려고 했다. 굳이 지금 싸워야 할 필요는 없었으니까.

'설마 내가 사디크의 화염을 평원에 풀어놓았다는 게 들키지는 않았겠지?'

병사들이 오는 반대쪽으로 이동하려고 한 태현 일행이었지만, 그것도 쉽지 않았다.

다그닥 다그닥-

반대쪽에서도 달려오는 병사들! 파워 워리어 길드원들의 얼굴이 어두워졌다.

"역시……."

"꼬리가 길면 잡히는……."

"시끄러워, 이것들아."

태현은 입맛을 다셨다. 가능하면 안 싸우고 넘어가려고 했지만, 저쪽에서 덤빈다면 싸울 수밖에 없었다.

'오스턴 왕국에서 출입금지 당해도 크게 상관은 없긴 한데…….'

어차피 아키서스 신전을 세워놓은 곳들은 플레이어들의 길드가 점령한 곳이라, 오스턴 왕국이 몰아낼 수가 없었다. 오스턴 왕국이 점령하고 있는 곳은 포기하면 되는 것이고.

먼저 도착한 병사들이 태현을 보더니 물었다.

"이랴! 김태현 백작님 맞으십니까?"

"맞는데."

"다행입니다. 찾고 있었습니다."

"네가 누군데?"

"저는 오스턴 왕국 제1왕자님의 경호를 맡고 있는 경비대장 찰스라고 합니다. 아키서스 교단을 부활시킨 김태현 백작님의 그 고귀하신 이름을 예전부터 듣고 있었습니다!"

옆에서 말을 듣던 케인은 중얼거렸다.

"고귀?"

아무리 생각해도 태현에게는 어울리지 않는 수식어!

"왕자님께서는 김태현 백작님을 한번 뵙고 싶다고 하셨습니다. 그래서 제가 이렇게 직접 모시러 온 겁니다. 자, 저와 함께 가시죠!"

태현은 '내가 네 왕자가 오라면 네 하고 가야 하냐?'라고 까칠하게 대답하려고 했다. 오크들하고 싸울 때는 도움도 안 주다가 다 끝나니까 보내가지고 오라고 하는 꼴이 얄미웠던 것이다. 그러나 그 순간 도착한 반대쪽 병사들!

"그런데 왜 둘로 나누어서 온 거지?"

"이놈들! 물러서지 못할까!"

"……같은 패거리가 아니었군."

반대쪽 병사들이 오자마자 경비대장 찰스한테 소리를 지르는 것을 보고, 태현은 이들이 누구인지를 눈치챘다.

"김태현 백작님 맞으십니까?"

"그래. 맞아."

"다행입니다! 저는 오스턴 왕국 제2왕자님을 모시고 있는……."

"그래. 그렇겠지."

순식간에 분위기가 험악하게 변했다. 예전부터 서로 왕이 되겠다고 내전을 벌이고 있던 두 왕자! 그들이 각각 병사를 보내서 태현을 데려오라고 한 것이다. 박살이 난 영지에 아키서스 신전을 세우고 영향력을 올렸으니 만나보고 싶은 것은 당연!

1왕자든 2왕자든 얄미워서 상대 안 하려고 했던 태현이었지만, 이렇게 서로 으르렁거리자 갑자기 흥미가 생겼다.

'이거 이용할 수 있으려나?'

"김태현 백작님!"

"누구와 함께 가시겠습니까!"

서로 욕하면서 눈을 부릅뜨고 노려보던 두 지휘관은 태현을 보며 물었다. 이대로 계속 떠들어봤자 결판이 안 날 거 같으니 태현에게 결정해 달라고 한 것이다.

"내가 뭔 힘이 있나."

"……??"

옆에서 듣던 케인은 고개를 갸웃거렸다. 뭐라고?

"둘 중 더 힘이 센 사람을 따라가야지. 안 그래?"

"!!!"

챙!

태현의 말이 떨어지자마자 칼을 뽑아 들고 덤비는 찰스!

"이놈! 해보자는 것이냐!"

"어디 같잖은 놈을 모시는 버러지가 1왕자님의 일을 방해하는 거냐! 죽고 싶지 않으면 물러서라!"

"에에이! 모두 발검해라! 저놈들을 쓸어버려라!"

"물러서지 마라! 1왕자님의 명예가 걸려 있다!"

채채채챙!

순식간에 자리는 난장판이 되었다. 태현은 파워 워리어 길드원들과 함께 한 발짝 떨어져서 싸움을 구경했다.

"이야, 잘 싸운다. 그치?"

"……."

이다비는 고개를 절레절레 저었다.

치열한 싸움은 점점 윤곽이 드러나기 시작했다. 처음에는 팽팽하게 맞붙었지만, 제1왕자 쪽이 더 많은 병사를 보냈기 때문에 시간이 지나자 2왕자 쪽은 밀리기 시작한 것이다.

"두, 두고 보자!"

하나둘씩 부하들이 쓰러지자 결국 2왕자 측 지휘관은 도주를 선택했다.

"헉, 헉헉…… 김태현 백작님! 저희가 승리했습니다! 저희가 더 강하다는 걸 보여 드렸습니다!"

제1왕자 측의 지휘관인 찰스는 피투성이가 된 채로 검을 들고 외쳤다.

"대단해! 나는 그쪽이 이길 줄 알고 있었지!"

"감, 감사합니다……?"

찰스는 뭔가 이상하다는 느낌을 받았지만 입 밖으로 꺼내지는 않았다. 기껏 태현을 모시고 갈 수 있는 상황에서 기분을 상하게 할 수는 없었으니까.

"그, 그러면 모셔도 되겠습니까?"

"그러도록 하지. 아, 잠깐 이쪽으로 와봐."

태현은 자연스럽게 말 탄 병사 한 명을 불렀다. 병사는 영문도 모른 채 태현 앞에 섰다.

퍽!

"?!"

"내가 귀족인데 그래도 말은 타고 가야지. 안 그래?"

당당하게 말을 뺏는 태현! 병사는 어이가 없었지만 뭐라고 할 수도 없었다. 다른 왕국이지만 그래도 귀족!

"가자!"

"이 자식! 바른대로 불어!"

"사디크 님을 찬양하라! 절대로 불지 않겠다!"

"기다려 봐. 내가 아이템 갖고 있는 게 있어."

사디크 사제를 간신히 한 명 잡은 플레이어들은 정보를 얻기 위해 웅성거렸다. 공포 스탯이 높거나, 특별한 스킬이 있을 경우 이렇게 포로로 잡은 NPC한테 정보를 얻어낼 수 있었다. 그러나 그들 중에서는 그런 스킬을 가진 사람이 없었다. 덕분에 사디크 교단의 사제는 단단히 입을 다문 상태!

"이거면 통할 거야. 〈에랑스 마탑의 자백제〉. 나중에 퀘스트 깰 때 쓰려고 사놓은 거지만……."

[에랑스 마탑의 자백제를 사용합니다. 사디크 교단의 사제가 질문에 대답합니다.]
[한 가지 질문에만 대답할 수 있습니다.]

드디어 얻은 기회! 플레이어들은 눈빛을 빛내며 물었다. 지금 물어볼 건 한 가지밖에 없었다.
"사디크의 화염을 끄려면 어떻게 해야 하는 거야?"
"……〈사디크의 성물 반지〉가 필요하다……."
"……그건 어디서 구하는데?"

[에랑스 마탑의 자백제의 효과가 끝났습니다.]

"이 자식아! 어디서 구하는지는 말해줘야지! 인간적으로!"
사제를 붙잡고 닦달해 봤자 없는 정보가 나오지는 않았다. 플레이어들은 푹푹 한숨을 쉬며 토론했다.
"어떻게 해야 하지?"
"그냥 정보 사이트에 올리자. 공유하는 게 나을 거 같아."
"뭐? 우리가 이놈을 어떻게 잡았는데? 그런 걸 그냥 공유하자고?"

"지금 그런 거 신경 쓸 때가 아니잖아. 저 화염 더 커지면 우리가 얻은 마을도……."

이들은 오스턴 왕국에 와서 작은 마을 하나를 얻은 상태였다. 아직 화염이 닿으려면 멀었지만, 그래도 이대로 내버려 두면 언제든지 탈지 모르는 상황! 그들은 결국 결정을 내렸다. 그들이 얻은 정보를 공유하기로.

-사디크의 화염 끄는 방법 알아냈다! 〈사디크의 성물 반지〉가 있으면 끌 수 있대!

-뭐? 그걸 어디서 구하는데?

-그건 너희들이 알아서 해야지.

-구라 아냐?

-이걸 우리가 뭐하러 구라를 치냐!

-거짓말은 아닌 거 같아. 〈사디크의 성물 반지〉, 들어본 적 있어. 사디크 교단 토벌 퀘스트 깰 때 얻은 서적에서 이름이 나왔었거든. 사디크 교단의 핵심 아이템 중 하나야.

사이트에는 사디크 교단 토벌 퀘스트를 한 플레이어들도 있었기에, 정보는 곧 확인되었다.

-그런데 그걸 어디서 구하냐?

-……그러게?

-아는 사람 없냐?

"뛰어난 승마술! 역시 김태현 백작님이십니다!"

"내가 좀 대단하지."

"그 아름다운 소환수까지! 역시 김태현 백작님이십니다!"

-내가 좀 대단하다. 주인이여.

-저거 아부하는 거거든? 적당히 걸러라.

이동하는 동안, 찰스는 쉬지 않고 아부를 했다. 오죽하면 파워 워리어 길드원들이 질린 표정으로 쳐다볼 정도였을까.

"심지어 백작님을 따르는 자들까지……."

그렇게까지 말하고 찰스는 뒤를 돌아보았다. 파워 워리어 길드원들의 장점을 말하기 위해서였다.

"……선한 인상을 갖고 있습니다! 역시 김태현 백작님이십니다!"

"야!"

"고작 칭찬할 게 그거냐?!"

"그건 우리 엄마가 칭찬할 게 없을 때 하는 소리거든?!"

뒤에서 파워 워리어 길드원들의 항의가 들어왔지만, 찰스는 안 들리는 척을 했다. 어지간히도 태현을 끌어들이고 싶었는지, 찰스는 계속해서 떠들어댔다.

"아키서스 교단이 저희 왕자님을 후원해 주신다면 그보다 더 든든한 일은 없을 겁니다. 김태현 백작님께도 좋은 일일 겁니다!"

"왕자야, 내가 후원해 주면 당연히 좋겠지만, 나한테는 왜 좋은 일인데?"

"……저희 왕자님 같은 분과 친하게 지내실 수 있지 않습니까?"

"……."

갑자기 싸늘해지는 분위기!

태현은 그 순간 결심했다. 제1왕자 이놈은 믿을 놈이 못 된다고! 말만 번드르르하고 약속해주는 건 하나도 없지 않은가. 태현은 본능적으로 알 수 있었다. 제1왕자가 태현을 이용하면 이용했지 뭘 챙겨줄 것 같지는 않다고.

남 이용하는 걸로 따지면 태현은 그 분야의 달인! 제1왕자 정도 되는 사람이 속여먹을 수 있는 사람이 아니었다.

찰스는 싸늘해진 분위기를 눈치챘는지 재빨리 입을 열었다.

"하, 하하. 저희 왕자님께서 왕위에 오르시기만 한다면 분명히 챙겨주실 겁니다. 그렇지 않겠습니까?"

"물론 그렇게 생각했지. 역시 제1왕자야. 내가 들은 소문이 헛소문이 아니었어."

"오, 무슨 소문을 들으셨습니까?"

"듣자 하니 책임감이 넘치고 백성들을 사랑해시……."

지나가는 길 주변은 오크들의 습격으로 완전히 박살이 나 있었다. 오크들이 날뛰는 동안 자기들 영역에서 힘을 아끼고 있던 왕자에게 말해주기에는 민망한 칭찬!

케인은 들으면서 생각했다.

'저놈 저거 또 시동을 거네.'

태현이 친절한 말을 해줄 때 가장 경계해야 했다. 다른 사람들은 그걸 몰랐다. 그렇게 일행은 각자의 꿍꿍이를 갖고 제1왕자의 성으로 움직였다.

'그런데 뭔가 잊고 있는 거 같은데.'

케인은 머리를 긁적였다. 뭔가 잊고 있는 것 같은 느낌이 들었다.

'그게 뭐지?'

"성벽부터 보수해! 수성 장비? 골드 줄 테니까 바로 구입해! 그리고 성문은 평소에 열고 있지 마! 앞으로 들어오는 놈은 무조건 신분부터 확인해! 알겠냐!"

카달타 성으로 돌아온 쑤닝은 편집중적으로 성의 수비와

보안에 집착했다. 눈 뜨고 성을 뺏긴 충격은 쉽게 사라지지 않았던 것이다. 그 충격 때문에 쑤닝은 어떤 변수도 막고 싶어 했다.

"김태현 그 자식은 대체 어떻게 도망친 거야? 개구멍 같은 거 있는 거 아니겠지?"

무심코 정답을 짚은 쑤닝!

그러나 다른 길드원들은 다들 부정적이었다.

"설마…… 그런 게 있겠습니까? 마법사들도 데리고 있고 비행 수단도 있으니 은신 스킬을 쓰고 나갔다거나……."

"그래. 그랬겠지."

쑤닝이 생각해도 그게 더 맞는 말 같았다. 오크 군대가 돌아가고 나서, 쑤닝과 그의 길드원들은 간신히 성을 되찾을 수 있었다. 상처뿐인 승리였지만 어쨌든 성을 지켰다!

'그 연합 놈들이 돈을 더럽게 밝히긴 하지만…… 언젠가 본전을 뽑아주마!'

"성안 확실하게 확인해! 혹시라도 김태현이 폭탄 같은 걸 놓고 갔을 수도 있어!"

"……!"

쑤닝 길드원들은 전원 고개를 끄덕였다. 그들이 생각해도 태현은 충분히 그러고도 남을 사람!

"성벽 밑 뒤져봐. 성벽 밑에 깔고 갔을 수도 있어."

와르르-

"야!!!"

[무너지는 성벽에 깔렸습니다. 왼쪽 다리가 부러집니다.]

　안 그래도 습격으로 위태위태했던 성벽들은 조금만 건드려도 와르르 무너졌다. 덕분에 거기에 깔린 길드원들은 그걸 수습하느라 한바탕 고생을 해야 했다. 있지도 않은 태현의 기계 공학 수작을 두려워하는 쑤닝 길드!
　그리고 가장 두려움에 떨고 있는 이들이 있었다.
　……적들이 돌아온 것 같다.
　-어, 어떻게 하지?
　-주인님께서는 언제 돌아오시는 거지?
　내성에서 조각상인 척하고 있는 날개 악마들! 태현이 지하 던전으로 들어갈 때 크기가 맞지 않아 남겨놓고 간 악마들이었다. 어슬렁거리는 쑤닝 길드원들을 본 날개 악마들은 긴장으로 몸을 단단하게 굳혔다.
　"조각상이네?"
　"에이, 이거 별로 못 만든 조각상인가보다. 잘 만든 조각상 보면 보너스 주는데."
　"이놈의 성은 멀쩡한 게 없다니까."
　다행히 눈치채지 못한 길드원들!

그렇게 날개 악마들은 눈도 깜박이지 못하고 내성에서 숨죽이고 있어야 했다.

"환영하네, 김태현 백작!"

"영광입니다. 왕자님."

오스턴 왕국의 제1왕자는 어딘가 비열하고 쩨쩨한 인상이었다. 왕보다는 간신배에 어울리는 얼굴!

"그래, 나를 지원하겠다고?"

"……."

태현은 아무 말도 안 했는데 다짜고짜 지원을 해달라는 왕자! 케인은 순간 두려움에 떨었다. 안 돼! 여기서 칼 뽑으면 안 돼! 여기는 왕자의 군대가 있다고! 그러나 케인의 걱정은 헛된 걱정이었다. 필요만 하면 언제든지 가면을 쓸 수 있는 게 태현!

"하하. 물론입니다. 왕자님."

"역시 김태현 백작! 내가 사람을 제대로 봤어. 들어보니 내 왕국의 도시와 성에 아키서스 교단의 신전을 세우고 있다고 들었는데, 여기 카나안 성에도 세울 생각인가?"

"허락해 주신다면 물론입니다."

오크들이 날뛰고 간 덕분에 멀쩡한 성과 도시를 찾는 게 더 힘든 상황! 카나안 성은 그 와중에서도 보기 드물게 번성하고 멀쩡한 성이었다. 제1왕자의 본거지였기 때문이었다. 그의 군대와 데리고 있는 강력한 검사들이 다 여기에!

'오크들하고 싸울 때나 쓰지…….'

태현은 속으로 1왕자를 욕했다. 애초에 오스턴 왕국에서 제대로 전력을 다해 싸웠다면, 여기까지 와서 이런 난리를 피울 필요도 없었다. 태현의 영지까지 오기도 전에 막혔을 테니까!

"그래? 신전을 짓고 싶다고? 얼마나 바칠 생각인가?"

1왕자의 말에 이제는 케인뿐만 아니라 이다비도 두려움에 떨었다.

'죽이면 안 돼요!'

"하하, 왕자님께 바치는 골드는 얼마든지 바쳐도 아깝지 않습니다. 두려운 건 제가 바치는 성의가 모자랄까 느껴지는 것 아니겠습니까?"

모두의 걱정과 달리 태현은 매우 친절한 태도로 일관했다. 그리고 거기에 추가되는 수많은 추가 효과들!

[귀족 작위를 갖고 있습니다. 제1왕자가 당신을 대하는 태도가 달라집니다.]

[<화신의 매력> 스킬로 인해 제1왕자가 당신을 대하는 태도에 보너스를 받습니다.]

[중급 화술 스킬을 갖고 있습니다. 제1왕자가 당신을 대하는 태도에 보너스를……]

그 결과…….

"김태현 백작만 한 충신이 없어! 자네 같은 인재만 내 밑에 있었어도 이런 왕국 정도는 바로 통일해 버렸을 텐데! 자네도 아탈리 왕국에 있지 말고 여기로 오지 그러나? 자네 같은 인재는 아탈리 왕국 같은 놈들한테는 아까운데!"

호감도가 아주 철철 흘러넘치는 제1왕자! 누가 보면 10년은 같이 일한 사이인 줄 알았을 것이다.

"그러면 영지도 주시는 겁니까?"

"그건 좀…… 왕국에 영지는 다 주인이 정해져 있거든. 내 영지를 줄 수는 없잖나? 하지만 충성심 넘치는 자네라면 꼭 영지 같은 게 없어도 날 위해오겠지. 그렇지 않나?"

'아주 죽여달라고 해라, 그냥.'

가만히 있어도 태현이 등쳐먹기 좋은 상황인데, 점점 더 의욕에 불을 지르고 있었다. 물론 나중에 1왕자의 성에 불을 지르는 일이 생기더라도, 일단 지금은 웃어줘야 했다.

"물론입니다."

"역시 김태현 백작만 한 충신이 없어! 하하핫!"

주변이 떠나가라 웃던 1왕자는 웃음을 멈추더니 진지하게 물었다.

"그래서 지원금은 얼마나 낼 생각이지?"

"……."

오랜만에 제대로 임자를 만난 태현이었다.

"태현 님, 부르셨습니까?"

오랜만에 태현을 만난 에드안은 휘파람을 불며 주변을 둘러보았다. 1왕자의 성이라는 걸 증명이라도 하듯이, 카나안 성은 크고 아름다운 성이었다. 그 크기에 걸맞게 훔칠 것도 많은 성! 대도적의 피가 끓어오르는 곳이었다.

"에드안, 오자마자 도둑질을 할 생각이냐?"

"네? 그런 생각 안 했습니다! 정말로요! 저기 안뜰의 창문으로 들어간 다음 벽을 타고 기어오르면 흔적도 없이 좀 털 수 있겠다는 생각은 하지도 않았습니다!"

"……."

알아서 자백한 꼴이 된 에드안은 재빨리 태도를 바꿨다.

"그나저나 태현 님! 오크들을 물리치셨다는 말은 들었습니다. 어떤 방법을 썼는지는 모르겠지만 정말 대단하십니다!"

"음…… 방법을 들으면 생각이 달라질 것 같지만……."

정답은 저 밖에서 활활 타오르고 있는 사디크의 화염!

"후후. 그래서 무슨 일로 저를 부르신 겁니까? 저를 부르신 걸로 보아 분명 강철 같은 용기와 뛰어난 인내심을 가진 사람만이 할 수 있는 일 때문이겠군요. 맞습니까?"

"응. 도둑질 좀 해라."

"……."

[부하를 시켜서 카나안 성의 도둑질을 명령했습니다. 들킬 경우 오스턴 왕국 1왕자와의 사이가 악화될 수 있습니다.]

[악명이 오릅니다.]

'이제 와서 뭘…….'

하도 악명이 높아서 이제 도둑질 정도는 기별도 안 가는 수준이었다.

"아니, 제가 대도적이긴 하지만……."

"하기 싫어?"

"정말 하고 싶습니다!"

본색을 드러내는 에드안! 참새에게는 방앗간, 고양이에게는 생선 가게가 있듯이, 에드안에게는 이렇게 털어낼 게 많은 성과 도시가 있었다.

"좋아. 알짜배기로 쏙쏙 털어내는 거 잊지 말고. 그거 그대로 갖고 가서 내 영지에 쓸 거니까."

"알겠습니다."

"그리고 걸리면 내가 시켰다는 말 절대 하지 마라."

"……."

"그러면 난 좀 다른 곳 갔다 올 테니까, 알아서 잘 해."

"예? 어디 가십니까?"

"1왕자가 지원금 내라고 해서 돈 구하러 간다."

"지원금을 내실 겁니까?!"

"미쳤냐?"

"후후, 역시 태현 님."

"일단 돈 내긴 내야 하니까 빨리 훔쳐내."

"??"

에드안은 이해를 하지 못해서 고개를 갸웃거렸다. 이게 무슨 소리?

"네가 훔친 골드로 지원금 낼 거거든."

에드안의 입이 떡 벌어졌다.

정말…… 나쁜 짓에 관해서는 타의 추종을 불허하는 태현!

태현은 1왕자한테 '아이고 우리 왕자님께 바칠 지원금 구하러 어디 좀 다녀오겠습니다' 하고 말했다. 만난 지 얼마나 됐다고 친밀도를 끝까지 찍은 1왕자는 헤벌쭉하게 웃으며 '아이고 우리 김태현 백작 잘 갔다 오게!'라고 말했고.

"그런데 우리 어디 가는 거예요?"

이다비는 말 위에서 고개를 갸웃거렸다. 그녀의 골드로 산 말이 아니었다.

1왕자의 성에서 골라 탄 말! 주변을 보면 파워 워리어 길드원들도 말 하나씩을 골라서 타고 있었다.

판타지 온라인에서는 말도 공짜가 아니었다. 비싼 말은 현실의 말만큼 비쌌다. 당연히 일반 플레이어들은 말을 구하기도 힘들었다. 그런 상황에서 공짜로 말을 구했으니, 다들 표정이 기쁨으로 가득 차 있었다. 언제나 공짜만큼 기쁜 것도 없었다. 파워 워리어 길드원들 사이에서는 이런 말이 돌고 있었다.

-김태현을 따라다니면 얻어 먹을 게 많다!

물론 스미스나 이세연을 상대로 아이템 먹튀를 시도하는 미친 장면을 직접 봐야 하는 위험이 있기는 했다. 그렇지만 파워 워리어 길드원들은 딱히 게임 내의 죽음을 두려워하지 않았다.

-페널티 받으면 그만이지 뭐!

-페널티 안 받아봤자 어차피 랭커 경쟁에도 못 끼는데 알 바냐. 골드나 모아서 현금으로 바꾸자!

뭔가 쩨쩨하면서도 현실적인 사고방식! 파워 워리어 길드원들은 '게임 내에서 거물이 되어 한탕을 벌겠다' 같은 생각은 하지 않았다. 그런 생각을 하는 사람들은 애초에 파워 워리어 길드에 들어오지 않았다. 파워 워리어 길드에 들어오는 사람들은 '가늘고 길게 가쟈'라고 생각하는 사람들!

소소하게 골드를 버는 것만으로도 좋았다. 처음에는 이다비와 핵심 길드원들만 태현을 따라다니고 있었지만, 길드 내에서 이야기가 퍼지자 다들 태현을 따라다니고 싶어 했다.

-길마님, 저희도 따라다니면 안 됩니까?

-저도 잘 할 수 있습니다. 제가 무게 용량도 커서 짐도 잘 드는데…….

물론 이다비는 아무나 받지 않았다.

-김태현을 따라다니고 싶으면 길드 내에서 지위를 올려야 하겠지?

-아니, 그거 언제 올려요!

-맞아. 저희가 이미 차단당한 곳이 꽤 많다고요.

파워 워리어 길드원들이 질색을 하는 이유가 있었다. 길드에서 더 높은 지위를 받기 위해서는 길드에 공헌을 해야 했다.

그중 하나가 바로 광고 리플 달기!

길드원들이 볼멘소리를 내도 이다비는 눈 하나 깜박이지 않았다.

-그러면 이런 기회를 그냥 얻겠다는 거야? 말도 안 되지!

이런 면에서는 철저한 이다비였다.

"어디 가냐고?"

이다비의 질문에 태현은 별생각 없이 대답했다.

"내가 말을 안 했나?"

"네. 안 하셨는데요."

"베알 성 가는데."

"베알 성? 베알 성, 어디서 들어봤는데요……"

이다비는 눈썹을 찌푸리고 생각에 잠겼다. 오스턴 왕국에서 꽤 유명한 성 같았다. 그렇지 않으면 그녀가 들었을 리 없었으니까.

"2왕자 성이잖아."

"아, 2왕자 성…… 거기를 왜 가요?!"

화들짝 놀라는 이다비였다. 이미 1왕자를 따라온 태현이었다. 2왕자는 당연히 태현을 적으로 생각하고 있을 것이다. 게다가 2왕자가 머무르는 성에 갔다는 소식을 1왕자가 듣기라도 한다면? 그 뒷수습은 상상하기도 싫었다.

"1왕자가 저렇게 나오는데 1왕자한테 기대를 걸고 싶냐? 저

건 딱 봐도 틀려먹은 놈이야. 처음부터 2왕자한테 갔어야 해. 2왕자는 분명 제대로 된 머리를 갖고 있는 놈이겠지?"

"그럴까요?"

"솔직히 형제 두 명이 다 이상한 놈일 리는 없지 않겠어? 오스턴 왕국이 무슨 시정잡배 소굴도 아니고."

그런데…… 있었다.

"나야말로 진정한 왕! 그놈은 절대 자격이 없다! 그렇게 생각하지 않나, 김태현 백작!"

"……."

"왕이란 건 타고난 것이다! 다른 모든 것처럼! 나를 봐라! 왕 그 자체 아닌가!"

"아, 예……."

왕이라기보다는 뒷골목 양아치 같은 모습이었다. 태현은 속으로 생각했다.

'오스턴 왕국은 뭐 이렇게 이상하게 생겼냐?'

1왕자는 간신배, 2왕자는 양아치 같은 인상! 그러나 2왕자는 태현이 무슨 생각을 하는지도 모르고 계속해서 열정적으로 떠들었다.

"사람은 태어날 때마다 자기 위치가 있고, 그자리에 맞게 살아야 하는 법! 왕에게는 왕의 자리가! 하찮은 놈들에게는 하찮은 놈들에게 맞는 자리가 있는 것이다! 김태현 백작, 충성이란 뭐라고 생각하나?"

"……?"

태현은 갑작스러운 질문에 당황했다. 뭐라는 거지? 태현은 케인을 쳐다보았다.

'뭐 채찍과 당근을 쓰는 그런 걸 말하나?'

"뭔가 기분이 나쁜데……."

케인은 이상한 낌새를 느끼고 중얼거렸다. 그러거나 말거나 2왕자는 탁자를 내려치더니 외쳤다.

"충성이란 건 스스로 타고난 위치에 걸맞게 행동하는 것이다! 내 밑으로 태어난 놈들은 날 위해 아무 대가 없이 모든 걸 바치는 것! 그게 충성이다!"

"……."

그 순간 태현은 깨달았다. 아, 여기도 안 되겠구나…….

1왕자고 2왕자고 열정페이를 지나치게 좋아하는 인물들!

태현은 고개를 절레절레 저었다.

"그래서 김태현 백작. 1왕자한테 먼저 갔다는 말을 들었는데, 그게 사실인가?"

2왕자가 싫은 건 싫은 거고, 표정 관리는 표정 관리였다. 태현은 금세 슬픈 표정을 지으며 약한 목소리로 말했다.

"흑흑, 1왕자의 부하들이 칼을 들이밀며 협박을 해서 어쩔수 없었습니다."

"그래?"

[귀족 작위를 갖고 있습니다. 제2왕자가 당신을 대하는 태도가 달라집니다.]

[<화신의 매력> 스킬로 인해 제2왕자가 당신을 대하는 태도에 보너스를 받습니다.]

[중급 화술 스킬을 갖고 있습니다. 제2왕자가 당신을 대하는 태도에 보너스를……]

이제는 익숙한 메시지창들! NPC들은 어지간해서는 태현의 거짓말을 눈치챌 수가 없었다. 2왕자가 믿는 것 같자 태현은 계속해서 말했다.

"하지만 저는 2왕자님이 진정한 왕이라고 생각했기에, 1왕자를 잘 속이고 빠져나올 수 있었습니다."

"그래! 이게 바로 충성이다!"

"제게 기회를 주신다면 1왕자 밑에서 그를 속여 2왕자님을 돕고 싶습니다!"

"오오! 김태현 백작! 뭐가 필요한가!"

"성의 창고를 둘러보고 쓸 만한 걸 챙겨도 되겠습니까?"

"그건 안 되네."

'이런 개××가……'

정말 오랜만에 강적들을 만난 태현! 보통 이 정도 친밀도에, 이런 이유까지 있으면 창고를 열어서 아이템 몇 개 가져가게 허락을 해줬다. 그렇지만 1왕자고 2왕자고 끝까지 자기 창고는 열지 않았다. 존경스러울 수준의 짠돌이들!

태현은 욕하고 싶었지만 아직 이성이 날아가지는 않았다.

'침착하자. 침착해. 아직 뜯어먹을 방법은 있다.'

"그…… 렇다면 알아서 해보겠습니다."

"김태현 백작."

"……?"

"1왕자를 속이는 것도 좋은데, 나는 군사가 필요하네. 어디서 군사를 좀 가지고 와서 내게 바쳤으면 좋겠군."

[2왕자가 당신에게 병력 요청을 합니다. 바치는 병력의 숫자가 많을수록, 질이 높을수록 2왕자가 크게 만족합니다.]

"……알겠습니다."

주는 것도 없으면서 뻔뻔하게 요청만 하는 2왕자!

태현의 살의는 무럭무럭 끓어올랐다.

"세상에는 왜 이리 날강도들이 많지?"

'네가 그런 소리를 할 처지냐?'

케인은 속으로 생각했다. 날강도 기준으로 봤을 때 1왕자나 2왕자는 저 밑이었다. 그에 비하면 태현은 날강도들의 왕! 뜯어내는 솜씨가 저 1왕자나 2왕자들과 차원이 달랐다.

"아…… 진짜. 저 짠돌이들한테서 뜯어낼 방법이 없나?"

원래 태현의 계획은 간단했다. 1왕자한테는 1왕자의 편인 척, 2왕자한테는 2왕자의 편인 척. 그런 식으로 굴면서 최대한 뜯어먹고, 마지막에는 도주! 둘이 싸우느라 정신이 없으니 태현을 쫓지는 못할 것 아닌가.

그런데 이 두 놈이 워낙 인색해서 뭘 주지를 않았다. 이렇게 나오니 오히려 오기가 생기는 태현! 두뇌가 풀가동되는 느낌이었다.

활활 타오르는 태현을 보며 이다비는 속으로 생각했다.

'……나쁜 짓 하려고 저렇게 열심히 고민한다는 건 대체……'

툭-

"……?"

길가에서 고민하던 태현. 누군가가 지나가다가 부딪혔다.

부딪힌 NPC는 신경질부터 냈다.

"뭐야! 이 무례한 평…… 헉! 김태현 백작이시군요. 죄송합니다!"

[베알 성의 상인, 가르고가 당신의 작위를 알아보고 고개를 숙입니다.]

[명성으로 인해 추가 보너스를 받습니다. 가르고가 겁에 질립니다.]

가르고는 고개를 숙이더니 허겁지겁 도망쳤다. 그걸 본 이다비가 말했다.

"다른 왕국 귀족인데도 되게 공손하네요?"

"그야 내가 일단은 2왕자하고 친하고 명성도 높으니까……잠깐?"

태현은 멈칫했다. 아탈리 왕국에서야 사고를 치고 다니면 다른 귀족들이나 국왕이 태현을 공격하겠지만, 오스턴 왕국에서는?

"어이! 가르고! 거기 서봐!"

CHAPTER 5

"예, 예?"

처음 부딪혔을 때의 거만함은 어디로 갔는지, 가르고는 벌벌 떨며 태현을 올려다보았다.

"다름이 아니라 내가 골드가 좀 필요해."

"예?!"

대낮에, 그것도 성 대로에서 삥을 뜯는 태현!

"대, 대체 무슨 일로 골드가 필요하신지요?"

"어허. 내가 설마 내 주머니에 골드를 채우려고 이러겠어? 2왕자님께 필요한 일이야."

[2왕자의 이름으로 시민들에게 골드를 얻어냅니다.]

[2왕자의 명성이 내려갑니다. 베알 성의 불만도가 올라갑니다. 계속하면 문제가 생길 수 있습니다.]

[2왕자의 악명이 올라갑니다.]

빠르게 뜨는 메시지창들. 당연히 지나가는 사람한테 골드를 뜯어내는 일이니만큼, 여러 가지 페널티가 붙었다. 그러나 태현은 신경 쓰지 않았다. 2왕자가 뒤집어쓸 테니까!

"크, 크윽……."

"골드 고맙네. 아, 그리고 이 주변에 좋은 땅 있나?"

태현의 머리가 팍팍 돌아가기 시작했다. 2왕자에게서 골드를 뜯어낼 수 없다면? 2왕자의 이름을 빌려서 골드를 뜯어내면 됐다.

"이 땅 좋군. 여기에 신전을 좀 지었으면 하는데. 건축가 좀 불러와. 아, 물론 골드는 네가 내야지. 남는 골드가 없다고? 그러면 다른 상인들을 데리고 와."

다단계식으로 뜯어내는 태현! 불러낸 상인들은 또 다른 상인들을 불러내고……. 그 결과!

[2왕자의 악명이 빠르게 올라갑니다.]

[2왕자의 명성이 빠르게 내려갑니다.]

메시지창은 무시하고, 태현은 건축가 NPC한테 말했다.

"여기 신전을 짓고 싶은데."

"어떻게 짓고 싶으십니까?"

"최대한 화려하고 호화롭게."

"……"

"아예 황금으로 벽을 만들까?"

"황금이 없습니다만?"

"괜찮아. 여기 이놈들 중에 황금 있는 놈이 있을 거야."

태현은 만족스러운 얼굴로 2왕자의 성을 떠났다.

'발상의 전환이 중요한 거였어. 이렇게만 하면 굳이 왕자들한테서 돈을 뜯어낼 필요가 없었는데 말이야.'

파워 워리어 길드원들은 조용히 태현의 뒤를 따랐다.

보면 볼수록 감탄만 나오는, 약탈의 달인!

1왕자의 성으로 돌아오자, 에드안이 튀어나왔다.

"태현 님, 돌아오셨군요!"

"그래. 에드안, 일은 잘됐냐?"

대답 대신 뒤의 내성에서 병사들의 고함 소리가 들려왔다.

"이런 멍청한 놈들! 창고에 도둑이 들게 두다니! 너희들이 그러고도 근위대냐!"

에드안은 씩 웃으면서 품속에서 금화 주머니를 꺼내 흔들었다.

찰랑찰랑!

"하나 더 꺼내."

"예? 무슨 소리십니까? 이거 하나밖에 없는데……."

"그건 네 사정이고. 하나 더 만들어내라."

태현과 에드안의 대화를 듣던 이다비는 고개를 갸웃거렸다. 왜 일을 잘해 낸 에드안을 저렇게 구박하는 걸까?

그러나 그 생각은 곧바로 바뀌었다.

"흑흑……."

"……."

슬픈 표정으로 주머니를 하나 더 꺼내는 에드안! 태현은 그럴 줄 알았다는 표정으로 주머니를 받았다.

"1왕자님! 여기 지원금입니다!"

"오오! 김태현 백작! 정말 자네만 한 충신이 없어!"

1왕자는 태현이 내민 골드 주머니를 받고 헤벌쭉 웃었다. 자기 창고에서 나온 골드라고는 생각지도 못하고!

[1왕자에게 지원금을 바칩니다. 1왕자 세력 내에서 당신의 평가가 올라갑니다.]

태현은 거기에서 한 발짝 더 나갔다.

"1왕자님, 실은 제가……."

태현은 2왕자와 있었던 일을 1왕자에게 말했다. 물론 태현에게 매우 유리하게!

-제가 2왕자를 찾아갔는데, 물론 수상한 의도가 있어서는 아니었고, 다 그게 1왕자님을 위해서였습니다. 1왕자님을 위해 2왕자를 속이고 그쪽 세력에 잠입하려고 한 것이죠. 그랬는데 이 사악한 2왕자 놈이 병사를 바치라고 하지 뭡니까! 아주 못된 놈이에요!

태현의 말을 들은 1왕자는 얼굴에 물음표를 드리웠다.

"대단하긴 한데. 김태현 백작, 뭘 어떻게 하려는 거지?"

"1왕자님, 이건 기회입니다! 1왕자님의 병사들을 속여서 2왕자 밑으로 보내는 겁니다!"

"?!"

1왕자가 바치라고 하는 골드는 1왕자의 창고에서 훔쳐서 바친다. 2왕자가 바치라고 하는 병사는 1왕자에게 빌려서 바친다. 손해는 조금도 보지 않는 묘책!

[1왕자에게 계획을 제안했습니다. 계획이 실패할 경우 1왕자의 세력 내에서 평가가 내려갑니다.]

[이 계획이 발각될 경우 2왕자와의 관계가 악화될 수 있습니다.]

'알 게 뭐냐!'

태현은 이미 마음을 단단하게 굳힌 상태였다. 여기서 뽑을 수 있는 대로 뽑은 다음 도망치기로!

"그거 정말 좋은 방법이군, 김태현 백작! 그렇게 하지!"

"그리고 1왕자님, 한 가지 부탁을 드려도 되겠습니까?"

"물론!"

1왕자는 흔쾌히 고개를 끄덕였다.

"아. 혹시 골드를 달라거나 그런 부탁은 아니겠지. 그런 건 안 되네."

"……."

이 정도까지 친밀도를 올리고 세력 내 평가도 올렸는데, 이렇게 철벽을 치는 NPC도 정말 드문 NPC였다. 초심을 절대 잃지 않는 1왕자!

"그런 건 아니라, 제가 신전을 세우는 데 여기 카나안 성에 있는 사람들의 도움을 받을 수 있을까 싶어서 말입니다."

"그런 거라면 상관없지. 김태현 백작, 자네가 원하는 대로 데리고 가서 쓰게!"

자기 골드가 나가는 게 아니라는 걸 깨닫자 1왕자는 손쉽게
허락했다. 그러나 1왕자는 알지 못했다. 지금 이렇게 허락해
준 것이 나중에 어떻게 돌아올지.

[시민들에게서 골드를 징발합니다. 1왕자의 악명이 오릅니다.]
[시민들의 불만이 오릅니다. 성 내의 분위기가 흉흉해집니다.]
[몇몇 퀘스트가 추가로 발생할 수 있습니다.]

성의 분위기가 안 좋아진다는 메시지창들. 그러나 태현은
꿋꿋하게 진행시켰다.

"신전을 최대로 지어. 인원이 없다고? 더 데리고 와. 못 데리고
온다고? 그러면 네가 두 명 치 일을 해야겠군. 빨리 데리고 와라!"

"으흑흑!"

가히 악덕계의 빛나는 별이라고 해도 틀리지 않을 수준! 태
현은 그 짧은 시간에 보이는 NPC들을 닥치는 대로 잡고 뽑아
먹었다.

[카나안 성에 아키서스의 중급 신전이 완성됩니다.]

[현재 지어진 아키서스의 신전 중 가장 호화로운 신전입니다. 아기서스 교단의 명성이 오릅니다.]

[신성 스탯이 오릅니다.]

[지나치게 호화로운 신전으로 인해 악영향이 있을 수 있습니다.]

태현은 여기서 멈추지 않았다. 남의 돈을 쓸 수 있을 때는 최대로 쓰는 것이 예의!

사제 고용! 성기사 고용! 교황 명령 실행!

[현재 카나안 성에서 아키서스의 하급 사제를 고용할 수 있습니다. 사제 한 명을 고용하는 데 드는 골드는……]

최대로! 어차피 내가 내는 거 아니니까!

태현은 1왕자의 이름으로 닥치는 대로 하급 사제와 하급 성기사들을 고용했다.

"태, 태현 님. 이거 유지는 어떻게 하실 생각이십니까?"

처음에는 신이 나서 같이 NPC들을 괴롭히던 에드안도 우르르 몰려 나오는 아키서스 하급 사제들을 보고 기가 질린 표정이었다.

[하급 사제들이 고용됐습니다. 교황으로서 추가 명령이 가능해

집니다.]

-전원 다 이동! 오스턴 왕국을 돌면서 포교해라!

"?!"

하급 사제와 하급 성기사들을 잔뜩 뽑아내고, 그 인원을 전부 왕국의 다른 곳을 순례하게 한다.

"아니, 기껏 고용한 사제들을 어째서?! 태현 님, 신전에 사제들이 많이 있어야 사람들이 더 많이 오지 않습니까?"

"여기 계속 있게 할 수가 없으니까 그렇지."

태현은 심드렁하게 대답했다. 다른 교단들을 보면, 거대하고 으리으리한 신전에 중급, 상급 사제들과 성기사들이 우글거렸다. 그런 웅장한 모습에 플레이어들은 압도되곤 했다.

실제로 들어가면 각종 퀘스트가 다양하게 나오고, NPC들과 각각 상호작용을 할 수 있었다. 즉 신전을 크게 확장하고 안에 사람들이 많이 있어야, 교단에도 도움이 되는 그런 것인데…… 태현은 그럴 수가 없었다.

'지금 부도수표 잔뜩 내고 있는데 뭘 믿고 여기에 두냐.'

1왕자의 카나안 성도, 2왕자의 베알 성도 사제들을 믿고 맡길 곳이 아니었다. 만약 태현이 나중에 도망이라도 치게 되면?

'신전은 부서지더라도 사제하고 성기사는 따로 빼놔야지.'

태현은 벌써부터 먹튀의 큰 그림을 그리고 있었다.

[아키서스의 하급 사제들이 오스턴 왕국을 돌아다니며 포교합니다. 사람들을 돕거나 퀘스트를 발행합니다.]

[아키서스의 하급 성기사들이 오스턴 왕국을 돌아다니며 수련합니다. 사람들을 돕거나 퀘스트를 발행합니다.]

[오스턴 왕국 내에서 아키서스 교단의 영향력이 올라갑니다.]

[다른 교단에서 견제가 들어올 수 있습니다.]

태현은 짧은 시간에 정말 최선을 다했다. NPC들을 쥐어짜서 신전을 건설해 올리고, 사제들과 성기사들을 고용해서 오스턴 왕국 곳곳으로 보냈다.

[칭호: 초인적인 중간관리자를 얻었습니다.]

칭호: 초인적인 중간관리자

초인적인 중간관리자: 당신은 죽은 사람도 언데드로 일으켜 세워서 일을 시킬 수 있습니다. 비전투 시, 부하들을 다룰 때 모든 행동에 보너스. 부하들이 쉽게 지치지 않음.

'흠, 생각해 보니까 언데드들을 부리면 더 쉽게 만들 수 있지 않으려나? 어디서 언데드들 못 구하나?'

"여기 있네, 김태현 백작. 그 건방지고 더럽고 사악하고 치사한 2왕자 놈을⋯⋯."

"물론입니다, 1왕자님! 반드시 속여 넘기고 오겠습니다."

1왕자는 고르고 고른 병사들을 태현한테 넘겼다. 2왕자에게 신분을 속이고 들어갈 병사들이었다.

"그리고 김태현 백작, 믿을 사람이 자네밖에 없어서 그러는데⋯⋯ 2왕자를 속이고 돌아온 다음 해줄 일이 또 있네."

"?"

"내 왕궁 창고에 도둑이 들었어. 내 생각에는 내 주변에 범인이 있는 것 같아!"

"⋯⋯."

어떤 의미에서는 정답이었다.

"아무리 생각해도 내 왕궁 창고에 대해 잘 아는 놈이 분명해. 범인을 찾아주게."

"⋯⋯물론입니다!"

태현은 뻔뻔하게 대답했다. 1왕자가 진실을 알게 되면 목덜미를 잡을 뻔뻔함!

"혹시 의심 가는 놈이라도 있으십니까?"

"아마 내 밑에서 일하는 귀족 중 한 명일 것 같네. 그놈들을 조사해 보게. 자네야 정직하지만 그놈들은 서로 친하니 물어 봤자 제대로 된 대답이 나오지 않을 거야."

〈범인을 찾아라-오스턴 왕국 퀘스트〉

겁도 없는 도적이 1왕자의 왕궁 창고를 털어 골드를 훔쳐갔다. 어떤 놈이 했는지 정말 짐작도 가지 않지만, 당신은 범인을 찾아야만 한다.

-결과에 따라 귀족들의 불만이 생길 수 있음.

보상: ?

높은 친밀도+세력 내에서 고평가+외부에서 온 사람+교단의 교황+명성까지! 1왕자가 태현을 믿고 맡길 수밖에 없었다. 솔직히 교단의 교황이 도둑질을 시켰으리라고는 누가 생각했겠는가?

"알겠습니다. 왕자님! 최선을 다해서 찾아보겠습니다!"

"오오, 김태현 백작! 내가 왜 자네 같은 충신을 이제야 만나게 됐을까!"

뜨겁게 손을 마주 잡는 두 사람이었다.

"아니, 우리가 뭘 했다고 왜 다 쫓는 거야?"

"쉿. 조용히 해라."

버포드는 투덜거리며 성문을 들어섰다. 다른 성기사 중 한 명이 손가락을 들어 조용히 하라는 신호를 보냈다.

[사디크의 위장으로 경비병들이 당신의 신분을 알아채지 못합니다.]

간신히 성문을 통과한 사디크 교단 일행. 그들의 오스턴 왕국 퀘스트는 시작부터 고난의 연속이었다. 들어간 도시에서 별생각 없이 아무 NPC나 잡고, '혹시 사디크 신을 아십니까' 소리를 했는데, 그 순간…….

-뭐? 사디크?

-어떤 놈이 사디크 소리를 냈지?

-쫓아! 절대 놓치지 마!

평원에 일어난 화염 때문에 신경이 매우 날카로워진 플레이어들! 오스턴 왕국의 상황을 모르고 '히히 사디크의 불꽃이 피어오른 걸 보니까 이건 신성한 계시일 거야' 하면서 왔던 사디크 교단 일행! 그들에게는 날벼락이나 마찬가지였다.

지금 간신히 만든 보금자리를 사디크의 화염 때문에 잃게 생긴 플레이어들은 눈에 보이는 게 없었다.

간신히 도주 성공! 그다음부터는 정체도 숨겨야 했다.

"사디크 교단의 영향력을 올려야 하는데……."

교단의 영향력을 올리려면, 도시나 성에 들어가서 NPC들과 친해진 다음, 그들이 주는 퀘스트를 깨고, 그들을 교단에 포섭해야 했다. 정체를 숨기면서 해야 한다면 난이도가 대폭 상승!

버포드는 한숨을 쉬었다. 이게 잘 될 수 있을까?

"헉!"

버포드는 무의식적으로 몸을 숙였다. 뭔가 어디서 본 것 같은 얼굴이 말을 타고 지나갔던 것이다. 태현이었다.

'저놈이 왜 여기 있는 거야?'

버포드는 고개를 푹 숙이고 걸어갔다. 변장을 한 상태지만 그래도 겁이 나는 건 어쩔 수 없었다. 아주 뼛속 깊숙이 각인된 공포!

예전에야 복수를 하겠다, 잃어버린 걸 되찾겠다, 이런 식으로 떠들었지만 지금은 아니었다.

제발 남은 쪽박이나 깨지 마라!

하도 데이고 데여서 이제 엮이고 싶지도 않았다. 다행히 태현은 버포드와 사디크 교단 일행을 눈치채지 못하고 가버렸다.

"저놈, 김태현 아닌가?"

"맞다! 우리 사디크 교단의 원수! 저놈을 죽여서 사디크 님의 이름을 증명하겠…… 컥!"

사디크 성기사가 태현을 알아보고 칼을 뽑으려고 하자 버포드가 그의 명치를 세게 후려쳤다.

"뭐 하는 짓이냐!"

"이 자식이 그렇게 당하고도 학습 능력이 없어! 지금 덤비면 잘 될 거 같냐!"

버포드는 울컥해서 성기사의 멱살을 잡고 소리쳤다.

"나도 저놈을 공격하고 싶어! 그렇지만 지금 공격하는 건 자살행위야! 아직도 모르겠냐!"

"크, 크흑……!"

"기다리고 힘을 모으는 거다! 이길 수 있을 때까지!"

둘은 뜨거운 눈물을 흘리며 서로 얼싸안았다. 지나가는 사람들은 그들을 이상한 눈으로 쳐다보았지만 그들은 신경 쓰지 않았다.

"그래서 어떻게 하지?"

"일단 여기 사람들하고 친해져야 하는데…… 돌면서 퀘스트나 좀 깨주자."

버포드는 주변을 두리번거리며 발걸음을 옮겼다. 그러고 보니 여기 카나안 성에 있는 교단들이 누구였더라?

"?!"

버포드는 놀라서 발걸음을 멈췄다. 보통 도시나 성을 보면, 신전들이 있는 거리가 따로 있었다. 그래서 어떤 교단들이 여기에 있나 확인하려면 그 거리를 가면 되는데…….

"뭐, 뭐야. 이 화려한 건물은?"

"그러게?"

교단의 신전들은 교단의 특성과 어울리는 겉모습을 갖고 있었다. 소박하고 검소한 신전도 있고, 투박하고 장엄한 신전도 있고…… 그런데 눈앞에 있는 건…….

"이거 어떤 미친놈이 만든 거야?"

미적 감각이라고는 조금도 없는 놈이 만든 것 같은 신전!

그냥 비싸고 반짝거리는 건 대충 다 가져다가 붙인 것 같은 디자인이었다. 호화롭고, 고급이라고 할 수는 있겠지만 이쯤 되면 너무 과했다.

-신전 확인.

[아키서스 교단의 신전입니다.]

"……"

태워 버릴까? 버포드는 진지하게 고민했다. 여기서 불을 질러 버리면 앞으로 퀘스트는 완전히 포기해야 하겠지만……. 그걸 감수하더라도 정말 끌렸다. 그만큼 버포드는 많이 당했던 것이다.

'아니, 진정하자. 진정. 나는 복수심을 버렸다. 복수심을 버렸다…….'

찰싹찰싹!

버포드는 스스로의 뺨을 때렸다. 태현한테 당하고, 어디서 굴러들어왔는지 모르는 이상한 뱀파이어 중갑전사한테 당하고 나서, 버포드는 깨달음을 얻지 않았는가.

복수는 건강에 좋지 않다! 태현에게 복수하는 것에 목을 매지 말고, 자신의 일을 해야 했다. 그게 스스로에게 좋았다.

'나는 김태현을 용서한다, 용서한다, 용서했다…….'

간신히 흔들리는 마음을 붙잡고, 버포드는 신전의 문을 두드렸다. 일단 안으로 들어가서 염탐을 해볼 생각!

[현재 신전에 사제가 없습니다. 들어갈 수 없습니다.]

"?!?!?!"

버포드는 순간 메시지창을 잘못 본 줄 알았다. 이렇게 커다랗고 호화로운 신전에 사람이 없어!?

"뭐 어떻게 된 거야?!"

소리를 쳐도 대답해주는 사람은 없었다. 문을 두드려도 아무도 나오지 않았다. 귀신에 홀린 것 같은 기분!

'김태현이 대체 무슨 생각으로 여기다 이런 걸 지어놓은 거지? 아니, 지어놓은 건 지어났다고 쳐도 왜 아무도 없는 거야?'

신전을 기껏 지어났어도 사람이 없으면 의미가 없었다. 버포드는 대체 태현이 무슨 생각으로 이런 건지 짐작도 가지 않았다.

'함정인가? 뭔가 복잡한 계획이 있는 건가? 나 또 속아 넘어가는 건 아니겠지?'

태현한테 많이 속은 사람들의 공통점! 그건 태현은 별생각도 없는데 혼자 알아서 상상의 나래를 펼친다는 점이었다.

쑤닝 길드원들이 있지도 않은 태현의 폭탄을 찾아 성을 뒤지는 것처럼, 버포드는 혼자 끙끙 고민했다.

"끙…… 일단 퀘스트부터 깨자. 곤란해하는 사람들 없나?"

"물어보자고."

사디크 성기사들은 친절하고 상냥한 표정을 지으며 지나가는 사람을 붙잡고 말을 걸었다.

"저기 혹시, 요즘 불편하거나 힘드신 일이 있으십니까?"

악신 계열인 사디크 교단이 이런 착한 짓을 한다는 게 웃기기는 했지만, 어쩌겠는가.

교단이 힘이 없을 때에는 뭐라도 해야지! 말을 걸었지만 버포드는 바로 퀘스트가 나올 거라고는 기대하지 않았다.

원래 이런 식의 작업은 인내심이 많아야 했다. 지나가는 사람들을 계속 붙잡고 말을 걸다 보면, 퀘스트를 갖고 있는 NPC가한 명쯤 걸리는 법이었으니까.

"있네!"

"역시 없군요. 알겠습니다. 좋은 하루……."

"있다고!"

"?!"

처음 잡은 사람이 바로 퀘스트를 주다니. 버포드는 당황했지만 금세 침착을 되찾았다.

"그, 그럼 말해주십시오. 저희는 뛰어난 모험가들이니 도와드릴 수 있습니다!"

"정말로?"

"정말입니다!"

"요즘 1왕자 놈이 우리를 뜯어먹으려고 해!"

〈1왕자의 폭정-사디크 교단 퀘스트〉

오스턴 왕국의 1왕자는 훌륭한 지도자는 아니었지만, 요즘 들어서 눈에 띄게 이상해졌다. 부유한 상인들에게서 닥치는 대로 골드를 뜯어내 호화로운 신전을 지어 올리는 짓을 한 덕분에, 카나안 성 사람들의 불만은 높아진 상태다. 그들의 불만을 잠재우고 사디크 신의 이름을 믿게 해라.

보상: 카나안 성 내에서 사디크 교단의 영향력 상승.

"……?"

버포드는 혼란스러워했다. 이걸 보니까 태현과 연관이 있는 것 같은데…….

'김태현이 이런 짓을 왜 하는 거지? 스스로 명성을 깎아 먹을 이유가 있나?'

이런 식으로 막 나가는 건 사디크 교단 같은 곳이 하는 짓! 아무리 봐도 태현이 할 짓이 아니었다.

"이봐! 그래서 도와줄 건가, 안 도와줄 건가!"

"아, 도와드리겠습니다!"

버포드는 고개를 끄덕였다. 당황스러운 건 당황스러운 거고, 퀘스트는 퀘스트.

"일단…… 음. 여기, 골드가 있습니다. 이거라도 받으시고……."

"고맙네! 자네 정말 괜찮은 사람이군!"

[퀘스트를 완료했습니다. 사디크 교단 내의 평가가 오릅니다.]

[카나안 성 내에서 당신의 평가가 오릅니다.]

[카나안 성 내에서 사디크 교단의 영향력이 상승합니다.]

퀘스트 해결 방법은 여러 가지가 있었다. 여기서 1왕자를 찾아가서 '당장 그 폭정을 그만두지 못할까!'라고 할 수는 없었으니, 할 수 있는 건 골드를 뜯긴 상인들에게 골드를 주는 것뿐! 다행히 사디크 교단은 나름 비자금이 많았다.

"후우. 대체 김태현 그놈은 무슨 생각인 거지……?"

"모험가 양반! 들어보니 자네가 우리 같은 사람들을 도와준다고 들었는데, 맞나?"

"예?"

퀘스트 하나를 끝내자마자 다가오는 다른 NPC들!

"우리도 좀 도와주게!"

"잠, 잠시만요. 골드 계산을……."

"설마 다른 놈은 도와주고 우리는 안 도와준다는 건 아니겠지?!"

눈을 부릅뜨는 상인 NPC! 돈이 걸리니 어지간한 전사보다 더 위압적이었다. 버포드는 침을 삼키며 고개를 저었다.

-요즘 나타난 모험가들이 그렇게 착하다며?

-그래! 그 아키서스 놈인가 뭔가 하는 놈보다 훨씬 더 우리를 잘 챙겨주더라고.

-그놈이, 아니, 그 사람이 무슨 신을 이야기했는데……이름이 뭐더라?

1왕자의 이름으로 골드를 뜯어내 호화 신전을 지어 올린 아키서스 교단! 골드를 풀어가면서 골드를 뜯긴 사람들을 도와주는 사디크 교단! 뭔가 교단의 속성과 정반대로 놀고 있는 두 교단이었다.

"2왕자님! 병사를 가지고 왔습니다!"

"잘했네. 김태현 백작. 당연히 해야 할 일을 했군."

"……."

같은 말이라도 아 다르고 어 다른 법! 2왕자는 같은 말을 기분 더럽게 하는 재주가 있었다. 그러나 태현은 인내했다.

'이 자리만 끝나면 네 이름으로 잔뜩 긁어주마!'

사람에게는 태어날 때부터 타고난 위치가 있다고 계속 시끄럽게 떠들어대는 2왕자. 그런 그에게도 한 가지 장점이 있었다. 자기만 안 건드리면 OK!

왕자의 재산을 건드리지만 않으면, 밖에 나가서 상인들의 재산을 뜯어내든 하급 귀족들의 재산을 뜯어내든 전혀 신경 쓰지 않는 2왕자였다.

[1왕자의 병사들을 위장시키고 2왕자에게 바칩니다. 발각될 경우 2왕자와의 관계가 심각하게 악화될 수 있습니다.]

'상관없거든?'

태현은 속으로 그렇게 생각하며 메시지창을 무시했다.

"2왕자님, 제가 1왕자의 성을 둘러보며 알아낸 게 있습니다."

"그게 뭐지?"

"바로 성의 경비가 허술한 곳입니다! 그곳으로 엄선한 정예 병들을 보내면 크게 타격을 줄 수 있을 것입니다."

"크하하! 그거 걸작이군. 김태현 백작 하고 싶은 대로 다 하게!"

높은 친밀도와 공적치 포인트, 세력 내 평가까지. 태현이 말하면 이제 팥으로 메주를 쑨다고 해도 한 번은 믿어줄 왕자들이었다.

1왕자와 2왕자 사이를 이간질하는 이유는 간단했다.

'시간을 벌어야 하니까.'

1왕자와 2왕자의 이름으로 신전을 지어 올리고 성기사들과 사제들을 고용하고, 사방으로 보내서 재산을(?) 빼돌릴 시간! 거기에다가 이런 이간질을 통해 태현은 각각 왕자들에게 퀘스트 완료 보상으로 세력 내 공적치 포인트를 받았다. 물론 이 두 왕자는 공적치 포인트를 사용해도 왕궁 창고에서 아이템을 꺼내게 해주지는 않았다.

그냥 공적치 포인트!

그렇지만 두 왕자가 태현을 더 굳건하게 믿게는 해주었다.

"똑바로 서라, 건축가! 어째서 내가 오기 전까지 신전 건축을 완료하지 않았지?"

"하, 하려고 했는데…… 2왕자님께서 성벽 수리를 시키시는 바람에……."

"너희 건축가 놈들은 말이 많아! 하라면 해야지! 너희처럼 게을러서는 2왕자님이 왕위에 오를 수 없다는 것도 모르나!"

남는 시간에도 절대 쉬지 않고 끝까지 쥐어짜는 태현! 2왕자의 성에 있는 건축가들은 고개를 푹 숙이며 잘못을 빌었다.

"아, 고민이야. 고민."

"뭐 고민?"

케인은 고개를 갸웃거렸다. 고민이 있을 수가 있나?

"더 크게 한탕할 수는 없나……."

"……."

케인은 태현이 농담을 하는 줄 알았다. 그러나 태현은 정말로 진지했던 것이다.

'이 자식은 정말…… 그릇이 틀리다!'

욕망의 그릇 자체가 차원이 다른 수준!

"저기, 김태현 백작 맞으십니까?"

"?"

걸어가는 둘을 누군가가 불렀다. 망토로 몸을 가린 NPC였다. 태현은 주변을 둘러보고는 말했다.

"암살자냐?"

"예?! 아닙니다!"

"방금 예라고 하지 않았어?"

"그, 그건 당황해서 한 소리입니다. 제가 왜 김태현 백작님을 암살하겠습니까!"

"음……."

태현은 2왕자의 성에서 한 짓을 돌이켜보았다. NPC들이 암살자를 고용해도 이상하지 않을 수준!

"하하, 아니면 말고. 그래서 네가 누군데?"

"저는……."

"잠깐, 말하기 전에 그 망토 좀 걷어봐."

태현의 말에 남자는 망토를 걷었다. 그러자 나타난 호화로운 옷차림! 태현의 눈빛이 반짝였다.

"이 성 사람인가?"

"예? 아닙니다만."

"에이…… 이 성 사람 아니야? 진짜 아니야?"

이 성 사람이면 2왕자의 이름을 빌려서 뜯어먹을 생각이었던 태현!

"진짜로 아닙니다."

그러나 상대는 완고했다.

"쯧. 알겠어. 그래서 누군데?"

"저는…… 3왕자님을 모시고 있는……."

"아, 안 사요. 안 사. 저리 가라."

"예? 끝까지 들어주십시오!"

"이놈의 왕가는 왜 이렇게 왕자들이 많아? 전 국왕이 하라는 일은 안 하고 새끼만 쳤나? 좀 있으면 4왕자, 5왕자, 6왕자 이렇게 나오겠네."

"4왕자는 없습니다만……."

"아, 됐고. 왕자는 두 명으로 충분해. 내가 오스턴 왕가와 더 어울리면 김태현이 아니라 최태현이다. 저리 가, 안 가? 맞고 갈래?"

"김, 김태현 백작은 분명 대륙의 위기를 해결하고 잊혀진 신을 되살린 명망 높은 사람이라고 들었는데……?"

남자는 태현의 태도에 당황했는지 중얼거렸다. 그 말을 들은 케인이 켁켁거렸다. 아니, 소문이 퍼져도 저렇게 퍼지나?

"1왕자랑 2왕자 상대하는 것만으로도 충분히 짜증 났거든? 3왕자까지 와서 열정페이 하라는 거 듣고 싶지 않다. 5초 줄 테니까 저리 가 인마!"

"저, 저희 왕자님께서는 1왕자나 2왕자와 다릅니다!"

"뭐가 다른데. 카드로 긁을 수 있는 한도가 더 높냐?"

"예? 카드요? 그게 무슨 소립니까?"

"그건 신경 쓰지 말고."

상대는 태현이 1왕자와 2왕자의 이름을 빌려서 닥치는 대로 골드를 긁어내고 있다고는 생각지 못하는 모양이었다.

와락!

남자는 태현의 발목을 붙잡고 늘어졌다. 어디서 본 것 같은 모습!

'펠마스냐?'

"한 번만! 한 번만 만나보고 결정해 주십시오! 저희 왕자님은 다릅니다!"

"1왕자랑 2왕자도 그런 소리를 했는데. 눈에 콩깍지 쓰인 놈은 믿을 게 안 된다고."

태현은 그렇게 말했지만 남자가 잡은 발목을 걷어차지는 않았다. 이렇게 애걸복걸하는데 한번 봐줄 수는 있지 않겠는가?

'그리고 겸사겸사 뭐 있는지도 좀 보고.'

1왕자와 2왕자의 성에서 나름 이익을 쏠쏠하게 본 태현이었으니, 3왕자의 본거지에서도 쏠쏠하게 챙길 수 있지 않을까 싶었다.

"후. 그래. 우리 3왕자께서는 어디 성에서 지내시지?"

"예? 저희 왕자님은 성이 없으십니다만……."

"아, 그럼 성이 아니라 도시인가? 도시도 좋지. 더 골드도 많을 테고……."

"도시도 없으신데……."

남자는 말하면서 슬슬 태현의 눈치를 봤다. 뭔가 이상한 분위기!

"야, 야."

케인이 태현의 어깨를 두드리며 속삭였다.

"너 오스턴 왕국 모르냐? 1왕자랑 2왕자가 싸우잖아."

"그래. 그거야 들었지."

"거기 이름도 못 넣을 왕자라면 가진 게 있겠냐?"

"……!"

남자는 주눅 든 얼굴로 태현을 쳐다보았다. 그랬다. 3왕자는 가진 게 없었다. 영토고 뭐고 없는, 귀족보다 못한 처지!

"아니, 이놈의 오스턴 왕가는 진짜!"

냉정하게 발목을 털어내는 태현! 발목을 붙잡고 늘어진 사람을 예술적으로 걷어내는 솜씨였다.

"제발! 말씀만 들어주십시오!"

"아, 됐거든? 1왕자나 2왕자는 뜯어먹을 거나 있지, 너희 왕자는 뜯어먹을 것도 없잖아. 이야기 끝났어. 다른 놈한테 가라고. 뭐 다른 귀족 있겠지."

"오스턴 왕국의 썩어빠진 귀족들은 안 됩니다! 밖에서 오시고, 대륙의 위험을 손수 해결하신, 교단의 고귀한 관리자이신 김태현 백작님이 아니라면……."

남자가 떠드는 사이 태현은 이미 멀리 걸어가고 있었다. 케인은 남자의 등을 두드리며 친절하게 말했다.

"너 뭔가 착각하고 있는 것 같다."

"……."

"부탁할 게 있으면 무조건 선불로 내놔라."

결국 태현은 테이블 앞에 앉았다. 테이블 반대편에는 죄를 지은 것 같은 소년 NPC와 중년 남성 NPC가 앉아 있었다.

3왕자의 세력은 달랑 이 둘이 전부! 3왕자와 3왕자를 모시고 있던 전직 근위기사였다.

"저, 저희 왕자님은 두 왕자처럼 가진 골드가 없습니다만……."

"그러면 골드를 벌어! 세상은 공짜로 굴러가지 않는다고. 1왕자와 2왕자 저 두 놈이 성격 더럽고 쓰레기 같은 놈이지만 왜 주변에 사람들이 있겠어. 이게 많으니까 있는 거지!"

태현은 손가락으로 동그라미를 만들어 보였다. 골드! 그러는 와중, 3왕자가 손을 번쩍 들었다. 아직 어린 소년이었지만 태현이 난리를 치는 동안에도 당황하지 않은 모습이었다.

"말해봐."

"저, 골드가 없으면 다른 걸로 안 되겠습니까?"

"골드가 안 되면 성, 도시, 보석도 받는다. 비싼 조각품이나 예술품도 받고. 물론 선불인 거 알지?"

"……."

3왕자의 근위기사는 황당하다는 듯이 태현을 쳐다보았다. 분명 들은 소문과는 전혀 다른 인물 같았던 것이다.

"선불은 무리입니다."

"그러시겠지."

태현은 심드렁하게 대답했다. 그러나 3왕자는 흔들리지 않고 꿋꿋하게 말했다. 누가 봐도 악당은 태현! 그걸 본 케인은 갑자기 3왕자를 응원하고 싶어졌다.

'힘내라, 3왕자! 지지 마라, 3왕자!'

"먼저 드리지 못하는 대신, 만약 저를 도와주신다면 더 큰 대가를 약속해 드리겠습니다."

"결국 열정페이잖아 이 자식아!"

"그, 그런…… 좀 다른데……."

"그래서 그 큰 대가가 뭔데."

"……아직 생각을 안 해봤습니다."

덜컥!

태현은 자리를 박차고 일어서려고 했다. 그러자 다시 발목을 잡고 늘어지려는 3왕자의 근위기사!

획!

그러나 태현은 민첩한 동작으로 발을 빼냈다.

"이 양반은 기사라면서 하는 짓은 펠마스 같네. 진짜 기사 맞아?"

"펠, 펠마스가 누군지는 모르겠지만 이야기는 끝까지 들어주십시오!"

"아니, 대가도 생각 안 해놨다면서! 내가 끝까지 들어줘야 해?"

"김태현 백작님께서 뭘 원하실지 몰라서 생각을 못 한 것뿐입니다!"

3왕자의 근위기사는 필사적으로 말을 이었다.

"김태현 백작님! 별로 위험하지도 않은 일입니다. 백작님이라면 충분히 해내실 수 있는 일이고요."

"왕 만들어달라는 게 별로 위험하지도 않은 일이냐?"

"네?"

"?"

3왕자와 근위기사는 무슨 소리를 하냐는 듯이 태현을 쳐다보았다.

"그러니까…… 왕을 만들어달라는 게 아니라 3왕자를 데리고 아탈리 왕국으로 망명하는 걸 도와달라 이거였군.”

“예! 김태현 백작님께서는 명성이 높으시니 아탈리 왕국 국왕 폐하를 설득해 3왕자님의 지위를 인정받게 해주실 수 있으실 겁니다.”

3왕자의 지위를 인정받고 아탈리 왕국으로 망명하면, 나름 안에서 귀족으로 잘 지낼 수 있었다.

“3왕자님의 지위를 인정받으면, 국왕 폐하께서도 자그마한 영지 하나 정도는 내려주실 겁니다. 그러면 김태현 백작님께도 충분히 보답을…….”

“거기 국왕이 주는 영지는 믿을 게 못 돼.”

“……?”

절망과 슬픔의 골짜기로 사기를 당한 태현의 진심 어린 조언이었다. 제일 어이가 없는 건, 정작 국왕은 정말로 좋은 의도로 줬다는 것! 마수를 토벌하고 사디크 교단을 물리친 백작에게 어울리는 명예로운 땅이라니.

‘그딴 건 됐고 그냥 좋은 땅을 달라고!’

태현은 혀를 차며 둘을 쳐다보았다. 한마디로 지금 개판인 오스턴 왕국을 떠나게 도와달라는 뜻인데…….

〈3왕자의 망명-오스턴 왕국 내전 퀘스트〉
1왕자, 2왕자 모두에게 목숨을 위협받고 있는 3왕자. 선왕의 사망 이

후 도와줄 세력을 모두 잃은 3왕자는 다른 왕국으로 망명하려고 한다. 3왕자가 다른 왕국으로 망명할 경우, 다른 왕국이 오스턴 왕국의 내전에 참전할 수 있기에 1왕자와 2왕자는 어떻게든 3왕자를 잡으려고 한다.

3왕자를 도와 다른 왕국으로 망명하게 도와준다면 적절한 보상이 따르리라.

보상: ?, ??, ???

"나는 왕 만들어달라는 퀘스트인 줄 알았지."

"예? 저희가 그런 걸 어떻게 부탁하겠습니까?"

근위기사는 어이가 없다는 듯이 태현을 바라보았다. 주머니에서 자기 물건 꺼내는 것처럼 쉽게 이야기하고 있었다.

"아니, 근데 의외로 쉬울 거 같은데."

"???"

"1왕자하고 2왕자가 같이 죽으면 남는 건 얘밖에 없으니까 다른 귀족들도 알아서 붙지 않을까? 다른 왕자는 없다고 했지?"

"????"

근위기사와 3왕자가 같이 미친놈 보듯이 태현을 쳐다봤지만, 태현은 아랑곳하지 않고 생각에 잠겼다. 어차피 망명을 시키는 것도 일인데, 같은 일이라면 크게 걸고 크게 먹는 게 좋지 않을까?

"야, 3왕자. 만약에 왕이 되면 뭘 해줄 수 있냐?"

3왕자는 당황했지만 태현의 말을 듣고 열심히 고민했다.

"뭘 원하시는지 말씀해주시면⋯⋯."

"흠. 작위는 당연히 기본이고."

"그건 해드릴 수 있습니다."

국왕 자리에 오르는데 작위가 문제겠는가?

"아. 이게 좋겠군. 아키서스 교단을 오스턴 왕국의 국교로 하자. 다른 교단은 전부 쫓아내고."

"?!?!?!"

생각지도 못한 말에 3왕자와 근위기사는 당황했다. 작위를 주는 것과는 비교도 안 되는 일이었다.

"지금 오스턴 왕국에 있는 다른 교단들이 화낼 겁니다!"

"아, 싫으면 그놈들한테 도와달라고 하시든지."

오스턴 왕가 왕자들에게 학을 뗀 태현이었다. 이 정도 보상이 없으면 움직이고 싶지 않았다.

"⋯⋯하겠습니다!"

"3왕자님!"

"저희한테는 선택지가 없잖습니까? 김태현 백작님의 말씀이 맞아요. 다른 교단들은 저희를 도와주지 않습니다. 그런 교단들이 화를 내는 건 저도 알 바 아닙니다!"

3왕자는 단호하게 외쳤다.

"김태현 백작님, 저를 국왕으로 만들어주시면 아키서스 교단을 오스턴 왕국의 국교로 만들겠습니다! 작위와 함께!"

3왕자는 결연한 외침과 함께 태현에게 손을 내밀었다. 그걸 본 근위기사는 감격스러운 표정을 지었다. 어리기만 했던 3왕자가 언제 이렇게 크게 컸단 말인가! 그러나 태현은 3왕자의 손을 마주 잡지 않고 깃털 펜을 끼워 넣었다.

"?"

"계약서나 쓰라고. 내가 왕자 놈들한테 하도 당해서 말이야."

"……."

교단의 교황으로 임명되면서 많은 것들을 얻었지만, 그중 하나는 계약서에 쓸 수 있는 강력한 저주였다. 대륙에서 '이 계약을 안 지킬 경우 아키서스의 이름으로 저주를 받으리라'를 쓸 수 있는 유일한 사람! 신의 이름이 들어간 계약서를 지키지 않는다는 건 그 신에게 제대로 보복을 당하겠다는 뜻이었다.

샤샤샥-

3왕자는 뭔가 떨떠름한 표정으로 계약서를 써냈다.

[아키서스의 이름으로 높은 작위의 NPC와 계약서를 작성했습니다. 명성, 신성이 오릅니다.]

〈3왕자 만세!-오스턴 왕국 내전 퀘스트〉

세상에는 사서 고생을 하는 사람이 있다. 3왕자를 망명시키기만 하면 만족스러운 보상이 약속되어 있는데, 굳이 3왕자처럼 세력도 뭣도 없는 사람을 왕으로 만들려는 사람. 그런 사람이 바로 사서 고생을 하는 사람이다. 그러나 어쩌겠는가. 당신이 그런 선택을 했으니.

3왕자를 오스턴 왕국의 국왕으로 만들어라. 만약 성공만 한다면 당신은 오스턴 왕국의 은인이 되리라.

보상: 오스턴 왕국의 작위, 오스턴 왕국의 국교가 아키서스 교단으로 전환.

'오스턴 왕국을 통째로 집어삼키면 단숨에 약소 교단에서 벗어날 수 있다.'

현재 아키서스 교단은 1+1 전략을 돌릴 정도로 미약하게 퍼진 교단! 그러나 오스턴 왕국만 통째로 집어삼킨다면 충분히 다른 교단과 비교할 수 있을 정도의 덩치가 됐다.

"그런데 저희 왕자님을 대체 어떻게 왕으로 만드시려고……?"

"뭐, 다 방법이 있지."

태현은 계약서를 품속에 넣고 자리에서 일어섰다.

CHAPTER 6

　3왕자와 헤어지고 나서, 태현은 홀가분한 마음으로 1왕자의 성으로 향했다. 물론 마음속은 시커먼 꿍꿍이로 가득!

　'어떻게 왕자들을 제거할까……. 같이 모아놓은 다음 폭탄으로? 아니면 공멸? 귀족들은 어떻게 처리해야 하나.'

　다른 플레이어들이었다면 불가능에 가까운 퀘스트였다.

　그러나 태현에게는 충분히 할 만한 퀘스트였다. 1왕자와 2왕자, 양쪽 모두에게 엄청나게 쌓은 친밀도와 공적치 포인트! 덕분에 두 왕자에게 무슨 소리를 해도 먹힐 수준이었다.

　그리고 함정을 파는 건 태현의 특기!

　"크핫핫핫핫핫!"

　웃음을 터뜨리는 태현을 보며, 케인은 속으로 생각했다.

'저놈 또 사악한 계획을 꾸미는군!'

　태현이야 신나게 웃고 있었지만, 다른 사람들의 상황은 그렇게 좋지 않았다. 특히 오스턴 왕국에 있는 플레이어들은 초비상 상태!

　처음에는 '에이, 곧 꺼지겠지' 했던 사디크의 화염이 점점 커져서 평원 밖으로 빠져나온 것이다. 마을이나 요새 하나를 태워 먹어도 사람들은 '그래도 누군가 막아주겠지' 하는 마음으로 지냈지만, 이제 슬슬 그런 생각도 하기 힘들 정도로 화염이 번진 상태였다.

　-야, 저 불꽃 대체 왜 안 꺼져?!

　-빙결 마법 전문으로 찍은 마법사들 모아서 얼음이랑 닥치는 대로 퍼부었는데 꿈쩍도 안 해! 무슨 좀비처럼 꾸역꾸역 기어온다니까!

　-사디크의 성물 반지 필요하다고 하지 않았나? 그거 찾은 사람?

　-찾은 놈 있어? 찾고서 숨긴 거 아냐?

　몇몇 길드에서는 손을 잡고 따로 현상금을 걸 정도였다. 화염이 움직이는 길에 성이나 도시가 있다 보니 절박할 수밖에 없었다.

-사디크의 화염을 꺼주는 사람에게는 특별히 사례하겠습니다!

현상금이 커지니 몇몇 유명한 탐험가 플레이어도 눈독을 들였다. 광활한 판타지 온라인 2의 미개척지를 돌며 각종 새로운 정보를 얻어오는 직업! 미해결 퀘스트가 나오면 사람들은 언제나 탐험가 직업을 가진 플레이어를 찾았다. 이번 일에 끼어든 탐험가 플레이어들은 서로 정보를 공유했다.

-사디크의 성물 반지는 사디크 교단의 핵심 인물이 갖고 있을 가능성이 높아.
-그렇지. 그리고 사디크 교단은 저번 싸움에서 크게 타격을 입고 지하로 숨어 들어갔고.
-후후. 그래 봤자 내 손 안에 있다고. 이미 사디크 교단이 어디에 숨어 있는지, 세 곳의 정보를 얻었어. 여기로 각각 들어가서 성물 반지를 갖고 있는 놈을 찾으면 돼.
-역시. 제카스야. 만만치 않군.
-스니아, 모르는 척하지 마. 네가 사디크 교단의 위치를 얻은 건 알고 있으니까.
-후후, 들켰어? 그러면 누가 먼저 교단 안으로 들어가 반지를 얻는지 승부가 되겠네.

-흥. 얕보지 말라고. 멀리 떨어져 있다고 해도 나는 3일 안에 끝낼 자신이 있으니까.

-3일이나? 나는 이틀이면 돼.

-……. 나는 하루면 된다!

유명한 탐험가 플레이어들이 서로 그렇게 이야기하고 있을 때, 태현은 1왕자의 성 앞에 도착했다.

'그러고 보니 이 반지는 어떻게 못 써먹나? 경매 사이트에 올려 버려? 그러기엔 너무 아까운데.'

"이보게, 김태현 백작!"

"……?"

성문 앞에 도착한 태현을 부른 건 귀족 NPC들이었다. 1왕자를 따르는 귀족들.

"뭡니까?"

"잠깐, 잠깐 이야기 좀 하지."

"……?"

태현은 주변을 둘러보았다. 설마 이 인간들이 뭐 나쁜 꿍꿍이라도 있는 건 아니겠지? 태현은 1왕자의 세력에 들어온 지 얼마 안 되어서 바로 1왕자의 총애를 얻었다. 당연히 원래부터 1왕자파였던 귀족들이 좋아할 리 없었다. 게다가 1왕자의 이름으로 닥치는 대로 골드를 뜯어내고 있었으니……

'함정은 아니겠지.'

하도 저지른 게 많아서 누군가 이야기하자고 해도 의심부터 하게 되는 태현이었다.

"크흠, 크흠……."

"……."

"크흠, 크흐흠……."

"나 간다."

"잠, 잠깐! 김태현 백작! 기다리게!"

약간 살이 찐 귀족이 태현의 옷자락을 붙잡고 늘어졌다.

"바쁜 사람을 불렀으면 이야기를 해야지. 뭐야? 싸울 거면 싸우고, 함정을 팠으면 '함정에 걸렸구나!' 정도 소리는 해줘야 지. 왜 자꾸 크흠크흠 거려?"

"함정이라니! 우리가 김태현 백작에게 왜 함정을 파겠나!"

"나라면 팠을 것 같은데."

"……."

귀족들은 태현의 말을 못 들은 척했다.

"크흠, 우리가 그대를 부른 건……. 부탁을 하기 위해서네."

"……?"

"이번에 1왕자님께서 단단히 화가 나셨잖은가. 왕궁 창고가 털린 것 때문에."

"아……."

태현은 바로 상황을 눈치챘다. 설마 이놈들?

"아무래도 왕자님께서 우리를 의심하는 것 같은데, 자네를 따로 부른 것도 그렇고. 맞나?"

부정할 필요가 없었다. 태현은 선선히 고개를 끄덕였다.

"그렇지. 나보고 범인을 찾으라던데. 여러분들 중에 범인이 있을 거라고."

"그, 그런! 1왕자님께서는 왜 우리의 충성심을 믿지 못하시는가!"

늙은 귀족 한 명이 한탄하듯이 말했다. 그러나 다른 귀족이 작게 중얼거렸다.

"솔직히 우리 중 범인이 있다면 지르노 남작이 범인일 것 같은데……."

"뭐, 뭐? 이 자식! 뚫린 입이면 다냐! 헤첼 남작 너는 떳떳하냐! 네가 병사들에게 지급해야 하는 식량을 빼돌린 거 알고 있다!"

"그, 그건 실수였다니까! 네가 도박으로 크게 빚진 걸 누가 모를 줄 아냐! 다들 알고 있다!"

"이 자식이!"

급기야 서로 멱살을 잡는 귀족들! 와당탕 쿠당탕하는 소리를 내며 귀족들은 서로 멱살을 잡고 '네가 범인이냐' 하며 날뛰기 시작했다. 정작 범인은 따로 있는데!

'이거 좀 미안해지는군.'

태현은 세상에서 가장 편한 자세로 고쳐 앉았다. 전혀 미안한 태도가 아니었다.

'크, 팝콘을 갖고 다녔어야 했는데.'

태현은 나중에 기회가 생기면 팝콘 조리법을 배워서 갖고 다니기로 마음먹었다. 앞으로 쓸 일이 많을 것 같았다.

"헉, 헉헉……."

"이 자식, 놔! 못 놔?!"

저질스러운 싸움도 슬슬 끝이 나고 있었다. 체력이 떨어진 귀족들은 서로 누워서 머리채를 붙잡은 채로 헉헉댔다.

"이, 이게 무슨 꼴인가! 김태현 백작 앞에서! 빨리들 일어나게!"

"아냐. 괜찮아. 더 싸워도 되는데."

"김태현 백작님께서 이렇게 아량 넘치게 말씀하시는데! 그대들은 부끄럽지도 않은가!"

"아니, 진심으로 더 싸워도 된다는 소린데."

"김태현 백작님, 그렇게 말 하시지 않아도 됩니다! 이 친구들은 부끄러움을 알아야 해요!"

귀족들은 어기적어기적 자리에서 일어섰다. 그나마 여기서 정상인 귀족이 태현에게 사과했다.

"미안하게 됐네. 김태현 백작. 원래 이런 사람들이 아닌데……."

"정말로?"

"······원래 조금 이러긴 하지만 어쨌든! 원래는 안 이러는 사람들인데, 1왕자님이 우리를 의심하는 바람에 다들 예민해져 있어."

"뭐, 이해가 가네. 다들 그렇겠지."

"그렇지?! 게다가 1왕자님께서는 자기 물건을 건드리는 것에는 매우 엄격하신 분이어서······."

"그래. 그건 나도 알지."

1왕자나 2왕자나 공통점이 있다면, 자기 재산에는 매우 인색하다는 것! 보통 이 정도로 퀘스트를 깼는데 자기 창고를 건드리지도 못하게 하는 NPC는 정말로 드물었다.

1왕자나 2왕자 주변에서 퀘스트를 해본 플레이어가 아직까지 없어서 그렇지, 만약 있었다면 게시판에 '조심해야 할 NPC TOP 10'에 들어갈 두 왕자!

"그러니 김태현 백작, 이렇게 부탁하네. 1왕자님이 우리에 대한 의심을 풀도록 잘 말해주게나!"

〈귀족들의 부탁-1왕자 세력 퀘스트〉

1왕자의 창고에서 일어난 도난 사건. 그 사건 때문에 1왕자를 따르는 귀족들은 궁지에 몰렸다. 1왕자는 자신의 물건에 손을 대는 사람들에게는 매우 잔혹한 사람.

귀족들은 범인을 찾아야 하는 당신에게 기대를 걸고 있다. 당신이 1

왕자에게 잘 말해서 귀족들이 혐의에서 벗어난다면, 그들은 크게 보상을 해줄 것이다.

1왕자에게 발각될 경우 관계가 크게 악화될 수 있음.

보상: ?, ??, 1왕자파 귀족들과의 친밀도 증가.

태현은 굳은 얼굴로 귀족의 손을 붙잡았다.

"나야 여러분들을 믿지! 내가 안 믿으면 누가 믿겠어!"

"오오, 김태현 백작!"

"지르노 남작이 범인 같은데……."

"닥치고 있게, 좀!"

태현이 믿는다고 말해도 귀족들은 의심을 멈추지 못했다.

"그래, 1왕자님께는 열심히 조사를 했는데도 불구하고 귀족 중에서는 범인이 안 나왔다고 말하도록 하지."

"정, 정말 고맙네!"

"1왕자는 참, 사람이……. 그러면 안 되는데 말이야. 이렇게 충성을 하는 사람들을 의심하고. 응?"

악마의 헛바닥! 중급 화술 스킬, 높은 명성, 세력 내 높은 평가에, 친밀도까지. 태현의 말은 귀족들 사이로 깊숙하게 스며들었다.

[중급 화술 스킬이 오릅니다. 높은 지위의 상대로 화술을 발휘

했기에 추가 보너스를 받습니다.]

　[중급 화술 스킬이 레벨이 오릅니다.]

　-중급 화술 8 (4%)

　'……화술 스킬이 너무 잘 오르는 거 아냐?'

　중급 화술 레벨 8. 이제 고급 화술 스킬까지 얼마 남지도 않았다. 10이 되면 고급으로 승급이었으니까. 태현이 엄청나게 많이 쓴 검술이나 기계공학 스킬도 아직 이 정도 레벨은 아니었다.

　타고난 적성!

　'깊게 생각하지 말자.'

　[1왕자파 귀족들이 당신의 말에 현혹됩니다.]

　[1왕자파의 불만도가 올라갑니다. 불만도가 일정 수치 이상을 넘길 경우 특정 퀘스트가 발생할 수 있습니다.]

　"1왕자님이 좀 사람을 험하게 다루긴 하지."

　"맞아, 게다가 너무 인색하다고! 자기 돈주머니는 꽉 움켜쥐고 우리한테만 골드를 내라고 하니……."

　태현은 한마디 던졌을 뿐인데 알아서 신나게 날뛰는 귀족들! 평소에 얼마나 불만이 쌓였는지 알 수 있었다.

"차라리 1왕자 말고 다른 사람을 모셨다면 더 좋았을지도 모르겠는데. 그렇지 않아?"

평소라면 절대 수긍할 수 없는 위험 발언! 그러나 태현의 높은 스탯이 귀족들의 반응을 이끌어냈다.

"맞는 말이야! 우리가 얼마나 헌신을 했는데!"

"우리를 믿지 못하다니. 정말 잘못된 것일세!"

"와, 너희 정말 쉽구나."

"응? 무슨 소리지, 김태현 백작?"

"아무것도 아니야."

정작 당사자인 태현도 예상하지 못할 정도로 손쉬운 귀족들! 그냥 1왕자를 슥삭 담가버린 다음에 3왕자와 같이 눈부신 미래로 나아가자~ 하면 수락할 것 같았다.

'뭐 그건 그거고, 일단 1왕자한테 뭐라고 말할 건 준비해 가야겠는데.'

범인을 찾았는데 못 찾았다고 말하면, 1왕자의 성격에 가만히 있지는 않을 것 같았다.

가장 좋은 건 대신할 만한 걸 갖고 가는 것!

"혹시 범인 역할을 뒤집어씌울 만한 놈 없나?"

"으음……. 글쎄……."

"지르노 남작이 범인……. 읍읍!"

"없냐? 없으면 뭐 내가 알아서 아무나 하나 만들지 뭐."

"오오, 김태현 백작! 그대 같은 사람과 만나게 된 것은 우리에게 천운과 같은 일일세!"

"나도 그렇게 생각해."

사건의 범인이 태현이라는 걸 알게 된다면 귀족들의 반응이 어떨지 궁금했다.

'상인들 불러서 돈 적게 내는 놈은 범인이라고 해야지.'

악마 같은 발상! 마른걸레에서도 물 한 바가지를 만들어낼 수 있는 태현이었다.

'그러면 상인들을 불러볼…….'

-주인이여.

-왜 그러냐?

-방금 지나간 놈에게서 사디크 교단의 기운이 풍겼다.

-뭐?

태현은 옆을 돌아보았다. 아무리 봐도 평범해 보이는 NPC!

"어이, 거기!"

"?!"

"1왕자님의 명으로 잠시 검문이 있겠다!"

끝까지 1왕자의 이름을 빼놓지는 않는 태현이었다.

"이, 이게 무슨 짓이오! 아무리 왕자님의 명이 있다지만……!"

[카나안 성의 불만도가 올라갑니다.]
[1왕자의 악명이 높아집니다.]

"하하, 1왕자님이 시키신 거니까 1왕자님 탓을 하라고!"
태현은 항의는 무시하고 빨리 뒤지라고 손짓했다. 케인은
찜찜한 표정으로 NPC를 붙잡았다.
'이렇게 막살아도 되는 걸까?'

[아이템을 얻었습니다.]
[아이템을 얻었습니다.]

평범해 보이는 조각상:
내구력 1/1
평범해 보이는 조각상입니다. 대륙에 많은 신 중 한 명을 새겨
놓은 것 같습니다.

[아키서스 교단의 수장으로서 다른 종교의 조각상을 알아볼
수 있습니다.]

메시지창과 함께 바뀌는 아이템 설명 창!

사디크 신을 교묘하게 숨긴 조각상:
내구력 1/1
사디크 교단이 영향력을 넓히기 위해 몰래 조각한 조각상. 일반인들은 이 조각상이 사디크의 모습인지 알아볼 수 없을 것이다.

"……!"
태현은 조각상을 보고 놀랐다. 용용이가 사디크의 기운을 느꼈다기에 설마 했는데, 이게 뭐?
"이걸 어디서 받았지?"
"그, 그건……."
NPC는 머뭇거렸다. 딱 봐도 태현이 좋은 의도로 말하는 게 아니었으니, 걱정되기 시작한 것이다. 그걸 눈치챈 태현이 말했다.
"말 안 하면 너부터 시작해서 네 가족, 친구, 가족의 친구, 친구의 가족, 가족의 친구의 가족……. 아, 귀찮아. 대충 닥치는 대로 엮어서 1왕자님한테 데려간다."
"히익!"

[중급 화술 스킬로 추가 보너스를 받습니다.]
[협박 스킬이 상승합니다.]

[초급 협박 스킬의 레벨이 오릅니다. 초급 협박 스킬이 중급 협박 스킬로 바뀝니다.]

중급 화술 스킬에, 관련 스킬인 협박, 사기 스킬 둘 다 중급을 찍은 태현! 화술 스킬을 많이 쓰는 직업도 어지간하면 달성하지 못하는 삼관왕!

[칭호: 악마의 혓바닥을 얻습니다.]

칭호: 악마의 혓바닥
악마의 혓바닥: 당신은 실제로 악마도 협박한 적도 있는 사람입니다! 악마보다 더한 협박의 달인이 바로 당신입니다.
화술 관련 행동 시 추가 보너스. 스킬 <혼신의 협박> 사용 가능.

<혼신의 협박>
아무것도 가진 게 없어도 협박을 할 수 있습니다. 화술, 협박 스킬에 영향을 받습니다.

이제 슬슬 <아키서스의 화신>인지, 아니면 <아키서스의 깡패>인지 구분하기 힘들어질 정도였다.
"말, 말하겠습니다! 제발 목숨만은!"

"그래. 이렇게 말해주면 서로 편하고 얼마나 좋아."

"흑흑……. 우리한테 잘해준 사람들입니다……."

"……?"

태현은 고개를 갸웃거렸다. 사디크 교단이 원래 그런 교단이었나?

"뭐 어떻게 행동했는데?"

"1왕자님의 높은 세금을 대신 내주고, 다친 사람들을 치료해주고, 저 빌어먹을 아키서스 신전의 건설 비용으로 낸 골드도 메꿔주고……."

"……저기 내 신전인데."

"허억!"

"됐다. 빨리 가자. 어디 있는데?"

[카나안 성 내에서 사디크 교단의 영향력이 오릅니다.]

"이제 남은 골드가 별로 없는데."

"얼마 남았는데?"

"420골드 남았다."

"교단에 지원 요청을 하면……."

"교단도 골드 없어서 지원 안 해줄걸. 지금 당장 안토니오 님이 쓰는 골드만 해도 어마어마한데 말이야."

사디크 사제들과 성기사들은 홀쭉해진 골드 주머니를 보며 투덜거렸다. 교단의 상황이 안 좋은데도, 아탈리 국왕 다미아노 2세의 삼촌인 안토니오는 여전히 사치를 부리고 있었던 것이다.

"그 인간을 잘 대해줄 필요가 있나? 아탈리 국왕도 못 잡은 상황에서. 가치 없지 않아?"

"쉿. 조용히 해라."

버포드는 흥미진진하게 사디크 교단 NPC들의 이야기를 듣고 있었다. 아탈리 국왕을 암살하고 새로 왕위에 올리려고 사디크 교단이 포섭한 안토니오와 그의 세력. 그리고 안토니오를 곱게 보지 않는 기존 사디크 교단 세력. 두 세력이 점점 사이가 벌어지고 있었다.

아무래도 사디크 교단 내에서 한바탕 권력 투쟁이 벌어질 것 같은 예감! 이런 방면에 눈치가 빨라야 퀘스트를 잘 잡을 수 있었다.

'후후. 그래도 내가 아직 완전히 죽지는 않았어. 이렇게 알아채기도 하고……'

콰콰쾅!

"?!"

그들이 숨어 있는 건물의 문이 날아가더니, 갑자기 누군가가 나타났다. 물론 태현이었다.

"이런 사악한 사디크 교단 놈들! 사악한 마음을 품고 골드를 뿌리는 사악한 짓을 하다니!"

"……?? 그게 사악한 짓인가?"

"사악한 마음으로 뿌렸으니 사악한 짓이지. 그에 비해 나는 선량한 마음으로 골드를 뜯었으니 이 얼마나 선량하냐?"

"김, 김태현이다!"

태현과 케인의 헛소리를 듣던 사디크 교단의 사람들이 비명을 질렀다. 그들에게 태현은 '교단의 주적 TOP 10'안에 언제나 당당하게 위치하는 인물! 태현은 건물 안으로 발을 디뎠다. 평범한 복장으로 위장하고 있던 사디크 교단 인원들이 긴장하며 태현을 노려보았다.

"어, 잠깐. 너는……"

태현은 버포드를 알아보고 인상을 찌푸렸다. 그 모습에 버포드는 지금 상황도 잊어버리고 살짝 뿌듯함을 느꼈다.

그 김태현이 그래도 그를 알아보지 않는가! 그동안 대륙 한구석에서 안토니오가 주는 자잘한 찌꺼기 같은 퀘스트만 해왔던 시간이 보상받는 기분이었다.

"내 반지 가져간 놈이잖아."

"……."

"이름이 뭐였지?"

"버포드! 이 새끼야! 버포드!"

"흠. 게임 이름을 '버포드 이 새끼야'로 짓다니. 버포드를 많이 싫어하나 보군."

"……그게 아니라 그냥 버포드 커헉!"

버포드가 열이 받아서 말하는 사이 태현은 재빠르게 도약해서 버포드의 가슴팍에 검을 찔러 넣었다. 정정당당함이라고는 조금도 찾아볼 수 없는 치사함! 그러나 공격은 다른 사람들에 의해 막혔다.

카카캉!

"김태현! 전의 원수를 갚겠다!"

"김태현! 내 동료의 원수!"

사디크 성기사들의 눈빛이 이글거리며 타올랐다. 어찌나 원한이 깊은지 알 수 있었다. 날로 먹으려던 태현은 검이 막히자 입맛을 다시며 말했다.

"에이. 저놈이 뭐라고 지켜주냐."

"이 치사한 자식!"

"그런데 도망을 안 치네? 날 이길 자신은 있고?"

"김태현, 너무 오만한 거 아니냐? 우리가 아무리 패배해서 쫓겨났다지만 우리는 사디크 교단이라고!"

성기사들을 앞에 세워둔 채, 버포드가 시끄럽게 외쳤다.

"계곡에서 우리가 후퇴한 게 우리가 플레이어들을 상대할 자신이 없어서라고 생각했냐? 왕국군하고 다른 교단의 병력만 없었으면 너희들은 다 박살 났어!"

"뭐 맞는 말이긴 하지."

사디크 교단의 핵심 인물들은 골짜기에서 있었던 전투에서 도망쳤다. 그건 플레이어들의 전력이 두려워서가 아니라, 뒤에 있는 왕국군과 교단 병력이 두려워서였다. 사디크 교단 정도면 랭커 하나 상대할 전력 정도는 충분히 갖고 있었다.

"오늘 아주 잘 걸렸다! 여기 있는 성기사들이 일반 성기사들이라고 생각한 게 네 실수였다고! 사디크의 화염이 일어났는데 일반 성기사들이 왔을 것 같냐?"

"웅? 뭔 사디크의 화염?"

"저 오스턴 왕국에 나타난 사디크의 화염! 몰랐냐! 저건 사디크의 계시가 분명해! 분명 오스턴 왕국에 사디크 관련 퀘스트가 추가로 더 뜰 거라고! 사디크 붐은 온다!"

"……그거 내가 지른 불인데."

"……뭐? 뭐라고?"

"하하. 어쨌든 네 알 바는 아니고. 잘 들었다."

태현은 손을 들었다. 버포드는 태현의 손에서 뭔가 마법이라도 나오나 싶어 긴장했다. 그러나 태현은 손을 들어서 버포드를 가리킬 뿐이었다.

"저놈들이다. 잡아!"

우르르-

그 순간 태현의 뒤에서 몰려 나오는 병사들!

"!!!!"

"내가 혼자 왔겠냐? 저것들 싹 잡아라."

"예, 김태현 백작님!"

1왕자의 병사들은 잘 훈련되어 있었고, 중무장한 상태였다. 버포드는 창문으로 달려가 밖을 쳐다보았다.

우글우글-

완전히 포위된 상태! 여기에 병사들을 몇 명이나 데리고 온 건지 알 수 없었다.

"미, 미친……. 군대를 데리고 왔냐?!"

"아니, 1왕자한테 네가 왕궁 창고를 털었다고 하니까 알아서 군대를 보내주더라고. 많이 화가 났나 봐."

화술 스킬의 극한! 귀족들의 퀘스트도 깨주고, 덤으로 태현이 저지른 범죄의 흔적도 없애주고, 마지막으로 사디크 교단도 같이 처리!

"뭔 창고?! 턴 적 없는데!?"

"털었을 거야. 잘 생각해 봐."

"그런 적 없어, 이 자식아!"

"이런. 오해가 있었나 보네. 병사들하고 잘 풀어봐."

"크, 크윽!"

사디크 성기사들은 병사들이 파도처럼 밀려오자 상황이 틀어졌다는 건 직감했다.

"후퇴! 후퇴한다!"

-사디크의 힘이 서린 안개!

사디크 사제 중 한 명이 마법을 펼치자 좁은 건물 안에 자욱한 연기가 퍼져나갔다.

-중급 마법 해제, 중급 마법 해제!

1왕자의 군대에 있는 마법사들이 풀려고 했지만 바로 풀어지지 않았다. 확실히 버포드가 잘난 척을 할 정도로 실력이 있는 사디크 사제였다.

"크윽! 앞이 보이지 않아!"

"멍청한 놈! 나를 공격하면 어떡하냐!"

병사들이 혼란에 빠지자, 태현은 뒤에서 지시를 내렸다.

[중급 전술 스킬로 지휘에 보너스를 받습니다.]

[<냉정한 지휘>스킬로 혼란 상태에 빠진 병사들이 깨어납니다.]

[<뛰어난 지휘관에 대한 믿음>스킬로 병사들의 사기가 올라갑

니다.]

거기에 추가로, 태현은 한 가지 스킬을 더 사용했다.
"머뭇거리다 놓치면 1왕자님에게 너희들의 잘못이라고 말하겠다!"

-가혹한 채찍질!

〈가혹한 채찍질 스킬〉 사용으로 병사들의 HP와 MP가 일시적으로 깎이며, 다른 능력치들이 상승했다. 머뭇거리던 병사들도 태현의 말에 돌격!
쾅! 와당탕! 콰쾅!
"밑으로 도망쳤습니다!"
"쫓아. 잡을 수 있으면 최대한 잡고!"
사디크 교단은 건물의 바닥에 탈출로를 만들어놓은 것 같았다. 역시 경험 많은 교단답게 용의주도한 모습이었다.
'내 신전에도 저런 거 하나 만들어놓을까? 쓸 만한데?'

버포드는 용케 도망쳤지만, 사디크 성기사들과 사제 중 몇 명은 붙잡혔다. 당연히 그들은 1왕자 앞으로 끌려왔다.

"크으! 죽여라!"

"사디크 만세!"

뭐라고 떠들든, 1왕자는 얼굴이 시뻘게져서 외쳤다.

"이놈들! 시치미를 뗄 셈이냐! 당장 내 창고에서 훔쳐간 골드를 내놓아라!"

"???"

사디크 성기사와 사제들은 서로 쳐다보았다. 이게 무슨 소리?

"그런 건 모른다!"

"이놈들이 내가 자비를 베풀어도 감히! 이놈들이 골드를 숨긴 위치를 불 때까지 고문해라!"

"예!"

"모른다! 모른다니까! 크아악! 1왕자 이놈! 사디크가 보고 계신다!"

"사디크고 뭐고, 신을 믿는 놈이 도둑질이냐! 네놈들은 신을 믿는다고 말할 자격도 없다!"

1왕자의 말에 살짝 찔리는 태현!

"김태현 백작, 정말 고맙소."

골드를 털린 분노로 펄펄 뛰는 1왕자 뒤에서, 1왕자파 귀족들이 태현에게 손을 내밀며 감사 인사를 표했다.

[퀘스트를 성공적으로 완수했습니다. 1왕자파 귀족들이 당신에게 매우 감사해합니다.]

[골드를 얻었습니다.]

"하하, 뭘 이런 걸 다……."

번개 같은 속도로 골드 주머니를 품속에 찔러 넣는 태현이었다. 다행히 오크 대군이 절망과 슬픔의 골짜기로 향하는 일이 일어나지는 않았지만, 그래도 골드는 아직도 많이 필요했다.

'1왕자나 2왕자 창고에서 골드를 더 못 긁어내는 게 아쉬운데. 방법이 없나?'

태현이 그런 꿍꿍이를 꾸미고 있는지도 모르고, 1왕자는 사디크 성기사들에게 고함을 질러댔다.

"내 골드를 내놓으라고 말했다!"

"크윽! 모른다!"

"정말로 질긴 놈들이구나! 어디 한 번 끝을 보자!"

"크아아아악!"

아무리 갈궈도 나올 리 없는 골드의 행방!

태현은 슬슬 뒷걸음질로 1왕자에게서 거리를 벌렸다.

[카나안 성 내에서 사디크 교단의 세력이 사라집니다.]

[카나안 성 내에서 아키서스 교단의 평가가 올라갑니다.]

[사디크 교단을 막았습니다. 명성이 오릅니다.]

[신성 스탯이 오릅니다.]

추가로 뜨는 메시지창들. 거의 날로 먹었다고 봐야 했지만, 태현은 당당했다.

'이번 기회에 안 좋은 건 다 사디크 탓으로 몰면 되겠군!'

쾅쾅-

결국 골드를 찾아내지 못한 1왕자가 잔뜩 화난 얼굴로 걸어오고 있었다.

"김태현 백작! 저놈이 아주 독하더군. 절대 위치를 불지 않아!"

"아주 사악하기 그지없는 놈입니다. 저는 아탈리 왕국에서 사디크 교단과 맞붙은 적이 있어서 잘 알고 있죠."

그리고 그런 1왕자를 부추기는 태현! 앞으로 일어날 모든 일을 다 떠넘길 생각이었다.

"역시 그랬어! 최근에 일어난 도난 사건도, 성의 분위기가 흉흉해진 것도 저놈들 때문인 게 분명해!"

"……."

사실 둘 다 태현 때문!

"들어보니 평원에 일어난 화염도 저놈들이 한 짓이라고 하더군."

"어떻게 그럴 수가! 사악하기가 정말 상상치도 못할 수준입니다!"

"그래서 그런데, 김태현 백작이 저 화염을 해결해 줬으면 하네."

"……."

갑자기 싸늘해지는 분위기!

"저 말입니까?"

"그래. 김태현 백작 말고 이런 일을 누가 해결하겠는가?"

"아니, 제가 무슨 능력이 있다고……. 그보다 왕자님을 따르는 능력 좋은 귀족분들도 많잖습니까."

"그놈들은 모두 허수아비 같은 놈들이야! 사디크 놈들이 숨어서 그런 짓을 하고 있는데도 알아채지 못하다니!"

1왕자가 쩌렁쩌렁하게 외치는 말을 들은 귀족들은 불만 가득한 표정을 지었다.

"저런 놈들을 믿을 수 없지. 김태현 백작은 한 번 사디크 교단과 싸워서 승리한 적도 있는 영웅! 게다가 아키서스 교단을 이끄는 교황 아닌가."

〈사디크의 화염을 잠재워라-사디크 교단 토벌 퀘스트〉

당신은 1왕자의 밑에서 지나치게 뛰어난 활약을 보여주었다. 사디크 교단에 대해 매우 분노한 1왕자는 평원에 일어난 화염을 치우려고 한다. 사디크 교단이 발도 들이지 못하게 하는 것이 그의 목적! 당신은 1왕자의 명을 받들어 화염을 잠재워야 한다. 물론 성공적으로 해낸다고 해서 1왕자가 크게 보상해 주지는 않을 것이다.

실패할 경우 1왕자가 실망하겠지만.

보상: ?, ??, 카나안 성의 불만도 하락, 카나안 성 내에서 아키서스 교단의 평가 상승.

[퀘스트를 거절할 수 없습니다.]
[강제로 수락되었습니다.]

'아오……'

좋던 기분이 사라졌다. 태현은 입맛을 다셨다. 호구로 보고 있던 1왕자한테 제대로 한 방 맞은 기분이었다. 태현이 저지른 일들은 다 사디크 교단에게 떠넘기고, 태현 본인은 1왕자에게 제대로 환심을 샀으며, 심지어 1왕자 밑의 귀족들까지 끌어들이는 완벽한 상황을 만들어 가고 있었는데…….

'화염 그거 끌 방법도 안 보이던데. 그냥 1왕자를 슥삭해 버리는 게 더 편하려나?'

태현은 어떤 방법이 더 좋을지 고민했다. 1왕자야 이제 태현이 팥으로 메주를 쑨다고 해도 믿을 것이었고, 1왕자파 귀족들도 태현을 꽤나 신뢰했으니, 지금 1왕자를 제거하는 것도 나름 괜찮았다.

'그렇지만 제거하려면 2왕자하고 한 번에 제거해야 하는데. 음, 뭐 방법 없나……. 화염 저거 끄는 시늉이라도 해볼까? 시

간을 벌어야 할 것 같은데.'

둘을 같이 제거할 방법이 떠오르지 않았기에, 태현은 일단 화염과 관련된 상황을 확인하려고 했다. 불은 태현이 질렀지만 피해는 다른 플레이어들이 보는 상황. 분명 아쉬운 사람들이 화염을 끄기 위한 방법을 찾았을 것이다.

[사디크 화염 퀘스트 관련 정보.]
[유명 탐험가 플레이어 제카스가 참가.]
[〈사디크의 성물 반지〉를 찾기 위해 사디크 교단의 비밀 신전 세 곳에 잠입해 퀘스트 중! 방송 링크 클릭!]

'응?'

사이트에서 사람들의 글을 보던 태현은 고개를 갸웃거렸다. 〈사디크의 성물 반지〉라니. 그건 분명…….

태현이 갖고 있는 아이템!

태현은 마저 정보를 확인했다. 사디크의 화염을 끄기 위해서는 〈사디크의 성물 반지〉가 필요했고, 그래서 사람들은 사디크 교단을 뒤지고 있는 모양이었다.

-여러분, 보고 계십니까? 여기가 사디크 교단의 2 성소 비밀통로입니다. 저는 여기를 알아내기 위해 세 군데의 장소를 뒤

졌고, 다섯 종류의 책을 찾았습니다. 네? 불가능한 일이라고요? 탐험가 플레이어한테는 보통의 일이죠. 끈기 있게 탐구하고 찾아내려는 마음이 없으면 탐험가는 할 수 없어요.

방송에서 탐험가 플레이어가 떠드는 소리가 들렸다. 태현은 성물 반지를 꺼내서 확인했다.

갑자기 드는 죄책감!

그러거나 말거나 탐험가 플레이어는 계속해서 말했다.

-탐험가로 전직하기 위해 뭐가 필요하냐고요? 글쎄요. 무엇보다 인내심 아닐까요. 지루한 퀘스트들을 깨면서 목표를 향해 나아갈 수 있는 인내심이요. 한 땀 한 땀 퀘스트를 깨나가고, 마지막에 목표했던 것을 달성했을 때 얻을 수 있는 즐거움. 그게 바로 탐험가의 매력······.

태현은 더 이상 볼 수 없었다.

'차마 못 보겠군. 내 잘못 아니니까 버포드를 욕하라고.'

"그렇게 잘해준 사람들이? 어머, 정말로?"

"그렇다니까! 사실은 그놈들이 사디크 교단 놈들이었다네! 이번에 저 평원에 불을 지른 것도, 1왕자님의 왕궁 창고를 턴 것도 다 그놈들이 한 짓이라고 하네."

"아주 나쁜 놈들이네!"

웅성거리는 성안 NPC들의 목소리. 태현은 만족스러운 얼굴로 고개를 끄덕였다. 역사는 승자가 써 내려가는 것!

나쁜 짓을 모두 사디크 교단에게 떠넘긴 태현은 홀가분한 기분이었다.

"아키서스 교단의 신전을 그렇게 크게 지어 올린 것도 사디크 교단 놈들을 찾아내려는 비책이었다네!"

"뭐? 정말로? 확실히 너무 많이 뜯어가기는 했지만……."

"그러니까 그게 왜 그랬겠어. 그런 짓을 하면 사디크 교단 놈들이 몰래 나올 테니까 한 짓이지!"

"그런 것치고는 그, 김태현 백작이 너무 즐거워하며 골드를 뜯어갔는데……."

아직 못 믿는 사람들도 있었지만, 1왕자가 대대적으로 발표를 하자 성안의 사람들도 일단 믿어준 모양이었다. 그 사이 태현은 일행을 데리고 평원으로 향했다.

사디크의 성물 반지:

내구력 1/1

신성 제한 5,000, 사디크를 믿지 않을 경우 저주를 받을 수 있음. 사디크 교단의 선물, 봉인된 사디크의 힘이 담겨 있는 반지다. 조건을 갖춘다면 사디크를 불러낼 수 있다.

'신성 제한 5,000이라……'
태현은 현재 신성 스탯을 확인했다.

신성: 2,933

그렇게 오스턴 왕국의 도시를 돌면서 강제로 신전을 건설하고, 1왕자와 2왕자의 골드를 털어가면서 성기사들과 사제들을 고용해서 뿌렸다. 당연히 그런 식으로 교단의 세력을 키울 때마다 신성 스탯이 추가로 들어왔다.

그런데도 아직 3천이 안 되는 신성 스탯!

5천이라는 제한이 새삼스럽게 크게 느껴졌다.

다행히 〈장비 강제 착용〉 스킬이 있기에 착용 자체는 가능했지만…….

"야, 꼭 평원으로 가야 해?"

케인이 옆에서 불안하다는 듯이 작게 말했다.

"확인할 게 있어서 간다."

"넌 겁나지도 않냐?"

"뭐가 겁나. 화염 그거 속도도 느린데. 그냥 피하면 되지."

"그거 말고 이 자식아! 우리가 지른 불이잖아, 그거!"

"아. 그거? 괜찮아. 아무도 모르잖아. 아직까지 안 퍼진 거 보니 앞으로도 안 퍼진다."

"넌 추리 소설도 안 봤냐! 꼭 범인들이 현장에 다시 돌아갔다가 붙잡힌다고."

"하하. 케인. 다 생각해 놓은 게 있지."

"오. 뭔데?"

"혹시라도 나중에 문제가 생기면 네가 했다고 하려고."

"……."

"농담이야."

태현은 농담이라고 했지만 케인에게는 농담으로 들리지 않았다.

'이 자식……. 약점 잡힌 것만 없으면……. 아니지, 약점 잡힌 거하고, 직업 하고, 아키서스 교단하고, 유명한 거만 아니면…….'

일일이 따지고 보니 더 우울해지는 케인이었다. 아무리 생각해도 태현한테서 벗어나는 게 쉬워 보이지가 않았다.

[신성 스탯이 부족합니다. <장비 강제 착용>으로 착용할 수 있습니다.]

[사디크를 믿지 않습니다. 사디크의 저주를 받습니다.]

[아키서스의 화신입니다. 사디크의 저주를 저항하는 데 성공합니다.]

아키서스의 화신의 특권으로 저주를 견뎌낼 수 있다는 게 다행이었다.

[조건이 되지 않아 사디크를 불러낼 수 없습니다.]
[사디크의 화염을 조종할 수 있습니다.]
[화염을 조종할 때마다 신성 스탯이 소모됩니다.]

"……!"

태현은 평원 전체에서 활활 타오르고 있는 화염을 쳐다보았다. 손에 낀 사디크의 성물 반지가 전체에 퍼진 화염을 조종할 수 있게 만들어주고 있었다.

'옆으로……'

[신성 스탯이 소모됩니다.]

'윽.'

확인해보니 신성 스탯이 10 감소 되어 있었다. 태현은 질색하며 조종을 멈췄다. 생각한 대로 화염이 움직이기는 했다. 마치 말 잘 듣는 동물처럼 화염이 바로 움직였던 것이다.

'괜히 신성 스탯 낭비하지 말고 바로 꺼버려야지.'

"뭐예요, 방금?!"

"아, 깜짝이야."

이다비의 목소리에 놀란 태현이 뒤를 돌아보았다. 이다비는
깜짝 놀라서 화염을 가리켰다.

"방금 저 화염이 반대 방향으로 움직이지 않았어요?"

"그야 내가 움직였으니까 그렇지. 끌 거니까 조용히 해."

"끌 수도 있다고요?!"

"그래. 이제 꺼도 되나?"

"잠, 잠깐만요. 만약 이 화염을 끌 수 있으면 좀 더 극적으로
연출을⋯⋯."

"뭘 더 극적으로 연출해. 필요 없는데."

지금 이 화염을 끄는 퀘스트에 참가한 플레이어들이 몇 명
인데, 태현은 그냥 동네 골목에 난 잡불 끄듯이 치우려고 하고
있었다.

"누가 껐는지 알아야 더 좋을 거예요!"

"귀찮은데⋯⋯. 어차피 방송에 나오잖아."

"이번 퀘스트는 방송으로 공개 안 했잖아요."

"아. 그랬지."

지하 던전에서부터 시작해서 별로 공개하고 싶지 않은 정보

들이 많았기에, 태현은 방송국에 미리 말을 해놓은 상태였다. 거기에 이세연도 이번 퀘스트는 방송으로 안 내보낸다고 말한 상태. 덕분에 MBS의 배장욱은 울상이었다. 황금이나 다름없는 소재를 이렇게 날려 버려야 하다니!

"인기는 힘이에요, 힘! 저희 파워 워리어가 다양한 방법으로 사람들을 모으듯이……."

"너희는 인기가 있는 게 아니라 싫어하는 사람들이 많은 거잖아."

이다비는 안 들리는 척을 했다.

"지금 오스틴 왕국에 있는 플레이어들은 모두 다 이 화염 때문에 겁을 먹고 있잖아요. 이 화염을 꺼주는데 그걸 공개 안 하면 손해예요. 태현 님이 했다는 걸 공개하면 모두들 고마워할걸요?"

"내가 지른 불이지만."

"……그건 아무도 모르잖아요! 어쨌든, 해서 손해 볼 거 없는데 뭐하러 안 하죠?"

"맞는 말이야. 그럼 뭐 이 부분만 공개하던가."

"네? 누가요?"

"너희들이. 뭐야, 너희 길드 개인 방송도 안 해?"

"아뇨, 아뇨! 해요! 하게 해주세요!"

설마 태현이 이런 중요한 장면을 자기네 길드의 방송으로 공개해 줄 거라고는 생각지도 못했다. 이다비는 팔짝팔짝 뛰며 외쳤다.

"저희 길드가 이런 거 전문이에요!"

"너희가 전문이라고 하면 더 신뢰가 안 가는 거 아냐?"

태현의 말에 파워 워리어 길드원들은 시선을 피했다.

"아, 그런데……. 방송국은 괜찮나요?"

"어차피 독점도 아닌데. 내 방송은 다 특집 잡고 길게 하는 방송이라 이렇게 화염 끄는 장면 하나만 내보내기도 뭐하잖아. 그냥 너희 걸로 하자."

"네!"

배장욱이 들었다면 '아닌데! 우리 그걸로도 충분히 재밌게 분량 만들 수 있는데!!'라고 외쳤을 소리였다.

이다비가 준비하는 동안, 파워 워리어 길드원 중 한 명이 말했다.

"태현님도 개인 방송을 하나 파시는 게 어떻습니까?"

"귀찮아."

"……."

생각지도 못한 이유! 남들은 하지 못해서 안달인 걸 저렇게 쉽게 넘겨 버리다니.

"별, 별로 안 귀찮습니다. 저도 개인 방송을 하는데……."

"그래? 뭔 방송을 하는데?"

"<파워 워리어 길드원 최민수가 진행하는 판타지 온라인 믿거나 말거나>입니다."

"그래. 인기 없을 것 같다."

"크윽!"

태현한테 말로 얻어맞은 길드원은 비틀거렸다.

"그, 그렇지만 다른 랭커분들도 개인 방송은 많이들 하십니다. 방송국과 전속 계약을 한 사람은 아니지만, 개인 방송은 관리가 의외로 쉽거든요. 그리고 내용 같은 부분에서는 방송국에서 방송하는 것보다 더 편하게 할 수 있으니까……."

"너 방송국하고 계약해서 방송해 봤냐?"

"예? 아닌데요."

"근데 어떻게 알아?"

태현은 정말 별생각 없이 물었지만, 길드원은 더 표정이 우울해졌다.

"……개인 방송에서 다른 랭커들이 그랬습니다……. 방송국하고 계약도 못 해봤는데 떠들어서 죄송합니다……."

"아니, 왜 죄송해하고 그래. 그냥 물어본 거야."

태현은 별생각이 없었지만, 길드원이 말한 건 사실이었다. 방송국과 계약해서 TV에 나가는 건 안정적으로 많은 사람이 본다는 장점이 있었지만, 그건 어디까지나 국내의 이야기였다.

판타지 온라인은 전 세계적인 게임! 몇몇 한국의 유명 랭커들은 해외에서도 유명 인사였다. 실제로 태현이 출현한 MBS 쪽 방송 동영상은 해외 팬들이 자막을 달아서 돌려보기도 했다. 개인이 직접 인터넷으로 방송을 하면 방송국과 같이하는 것만큼 안정적이지는 않았지만, 그만큼 시청자 폭이 더 넓어졌다.

TV와 인터넷의 차이! 아무래도 해외의 팬들은 TV보다는 인터넷으로 접근이 더 쉬웠던 것이다.

"나중에 생각나면 그때 다시 고민해보지."

"예! 하실 생각 있으시면 저한테 말만 해주십시오!"

떠드는 사이 이다비는 준비를 끝낸 모양이었다.

짝!

손뼉을 치자 이다비의 방송이 시작되었다. 〈파워 워리어〉의 공식 개인 인터넷 방송!

태현은 궁금해져서 물었다.

"몇 명 보고 있나?"

"어…… 1,200명 정도네요."

"뭐? 진짜로? 너희 방송을?"

이 시간에 할 일 없는 놈들이 1,200명이나 된다니. 태현은 경악을 금치 못했다. 게다가 방금 시작했지 않은가! 물론 미리 파워 워리어 길드 방송을 즐겨찾기 해놓은 사람들은 게임을 하다가도 '방송이 시작된다'고 메시지창이 날아오기도 했다.

그래도 그렇지 1,200명이라니. 아무리 판타지 온라인이 전 세계적인 게임이라 그렇다 쳐도 신기했다.

'내 생각보다 파워 워리어가 인기가 좋은가?'

파워 워리어 길드는 그저 악성 스팸 메일 같은 놈들이라고 생각했는데, 태현은 생각을 고쳐야겠다고 마음먹었다.

그러나 그 생각은 섣부른 생각이었다.

-메일 좀 그만 보내 ×××들아!
-너희는 대체 뭐가 문제냐!
-파워 워리어 죽어라 파워 워리어 죽어라 파워 워리어 죽어라
-김태현하고 붙어먹으니까 좋으냐! 언젠가 복수한다!

순식간에 방송 옆에 달리는 리플들! 파워 워리어 방송에 들어온 사람들은 절반이 파워 워리어 길드에게 쌓인 게 많은 사람들이었다.

"이 자식은 아발랍 시에서 당한 놈 같다."

태현은 마지막 리플에서 예리하게 눈치를 챘다.

"하, 하하…… 원래 이 정도까지 리플이 심하지는 않은데……."

"정말로?"

"……사실 원래 이 정도예요."

그러나 시청자들이 전부 욕하러 온 사람들은 아니었다. 파

워 워리어가 워낙 유명하다 보니, 파워 워리어를 욕하러 오는 사람들도 많았지만, 아닌 사람들도 많았다.

-♚♛최강 길드 〈파워 워리어〉♚♛가입 시$$ 전원 10골드☜☞잘 만들어진 롱소드 100%증정※♟ 최강 길드 〈파워 워리어〉 ♟펫 증정¥

이제는 파워 워리어의 상징이 된 광고!

-너희들도 파워 워리어 길드에 들어와라! 두 번 들어와라!

태현은 궁금해져서 물었다.
"쟤네 너희 길드원이야?"
"아닌데요……."
"근데 왜 저런 리플을 달지."
"그냥 심심해서 아닐까요."
"정말 세상에는 할 일이 없는 사람들도 많군."
파워 워리어 길드원도 아니면서 광고 리플을 다는 심심한 사람들! 파워 워리어 방송의 시청자 중 한 축이 바로 그들이었다.

-언제 시작해?
-빨리 공개하라고. 시간 없으니까.

그리고 마지막으로, 진지하게 정보를 얻으려는 사람들이 있었다. 파워 워리어 길드가 이상한 길드기는 했지만 방송을 이상하게 하지는 않았다. 그랬다가는 초반에만 몇 명 보고 아무도 보지 않을 것이다. 사람들은 바보가 아니었다.

　파워 워리어 길드 방송에 이렇게 사람이 많이 몰리는 이유는, 파워 워리어 길드가 나름 쏠쏠한 정보를 방송에서 공개하기 때문이었다. 사람 숫자만큼은 압도적인 파워 워리어 길드! 길드원이 많으니 그만큼 어디서 보고 듣는 정보가 많았다. 물론 다른 길드들이 숨기고 독점하는 정보는 얻을 수 없고, 틀리는 정보도 꽤 있었지만…….

　사람들은 그 정도만으로도 충분히 관심을 가졌다.

　"아, 아. 오늘은 정보 공개에 앞서서 게스트 한 분을 소개하려고 해요."

　-게스트?

　-손님은 무슨 손님이야. 너희 또 이상한 놈 내보내고 게스트라고 우길 생각이지.

　싸늘한 반응! 파워 워리어가 평소에 했던 짓을 생각하면 당연한 반응이었다.

"······오늘은 달라요! 자, 여기! 플레이어 김태현입니다!"

이다비는 태현의 팔을 잡아서 화면으로 끌어당겼다.

-김태현?!

-진짜 김태현이냐?

-아냐. 파워 워리어 길드라면 김태현 비슷하게 생긴 놈 데리고 와서 비슷하게 복장 입히고서 우기는 걸 수도 있어.

"······."

태현은 리플을 보고 할 말을 잃었다. 이다비는 태현의 시선을 피했다. 그러나 모두가 의심만 하는 건 아니었다.

-김태현 맞는 것 같은데? 외투에 차고 있는 롱소드. 어깨에 그 펫도 데리고 있네.

-뒤에 케인도 있잖아.

-파워 워리어 길드가 김태현하고 같이 다닌다던데, 그게 사실이었나 본데.

-아니, 김태현 같은 플레이어가 뭐가 아쉬워서 파워 워리어 길드하고 같이 다녀?

-서로 필요한 게 있었겠지.

-소문에 따르면 김태현이 파워 워리어 길드랑 잘 맞는다던데.

-뭐? 어디서 그딴 개소리를! 너 김태현한테 당한 길드 놈이지!

-김태현 씨! 도망가요! 파워 워리어 길드는 사기꾼 놈들이에요!

어쨌거나 사람들의 반응은 격렬했다. 순식간에 소문이 퍼졌는지 방송의 시청자 숫자가 빠르게 치솟았다.

"1, 1만 명?!"

이다비가 시청자 숫자를 보고 깜짝 놀랐다. 1만 명이라면 평소 파워 워리어 길드 방송이 한창일 때 찍을 수 있는 숫자!

"많은 거냐?"

"많은 거죠! 유명 랭커들이 방송해야 3~4만 정도가 나오는데!"

이다비의 눈동자가 반짝였다. 태현이 유명한 건 알고 있었지만, 개인 방송에 한 번 나왔다고 이렇게 사람들이 많이 몰릴 줄이야! 생각보다 파급력이 어마어마했다.

사실 당연한 일이었다. 태현은 방송국과 계약한 것 말고는 전혀 다른 사람들과 소통하지 않고 있었으니까. 개인 방송도, 하다못해 사이트도 운영하지 않는 태현! 당연히 이렇게 개인 방송으로 나왔을 때 관심이 더 집중될 수밖에 없었다.

"기분 탓인지는 모르겠는데, 네가 날 골드로 본 느낌이 들었는데."

"기분 탓이에요 기분 탓!"

태현은 순간 이다비의 눈동자에서 골드가 번쩍이는 걸 본 것 같았다.

'직업 특성 탓이겠지?'

-김태현 요즘 뭐 하고 지냈냐?
-맞아. 방송이라도 좀 해줘.
-지금 네 영지에 있는 놈들, 다들 미쳐가고 있던데 좀 무섭더라.
-오스턴 왕국에서 퀘스트 깨고 있었다는 게 사실인가 본데? 오크 관련으로 아는 거 있냐? 너 오크하고 원수였잖아.

하도 리플들이 빨리, 많이 나와서 일일이 반응해주기도 힘들었다. 태현은 대답 대신 손짓으로 방송 화면을 전환 시켰다. 활활 타오르는 사디크의 화염!
"내가 오스턴 왕국에 온 이유가 뭐겠냐. 화염 때문이지."

-?
-뭔 소리야?

"이 화염을 치우려면 사디크의 성물 반지가 필요하거든. 이 반지. 보이냐?"

-???
-그걸 왜 네가 갖고 있어?

-아니, 김태현 씨. 갖고 있으면 갖고 있다고 말을 해야…….

-지금 저거 찾으려고 사디크 교단에 침투하지 않았냐?

반응은 무시하고, 태현은 말을 계속해서 이어갔다.

"자, 그러면 이제 끈다."

잘 시간이 되어서 방의 불을 끄는 것처럼 간단한 목소리!

[신성 스탯이 소모됩니다.]

[신성 스탯이 소모됩니다.]

평원에 넓게 펼쳐진 화염이 순식간에 줄어들기 시작했다. 빠르게 줄어드는 신성 스탯을 보며 태현은 입맛을 다셨다.

아쉬운 건 어쩔 수가 없었던 것!

'쯧. 다시 올릴 수 있으니까.'

신성 스탯은 스탯 중에서 비교적 올리기 쉬운 편이었다. 물론 태현만 그랬다. 다른 사람들에게 신성 스탯은 힘, 민첩, 체력, 지혜처럼 올리기 어려운 스탯에 속했지만……. 태현은 아니었다. 교단의 수장이라는 자리와 아키서스의 화신이라는 직업. 둘 다 신성 스탯을 올리는 데 특화되어 있었다.

오스턴 왕국의 국교를 아키서스 교단으로 지정할 수 있다면, 여기서 소모한 신성 스탯은 충분히 회복할 수 있었다.

[평원에 펼쳐진 사디크의 화염을 처리했습니다.]

[명성이 오릅니다.]

[칭호: 사디크의 화염을 막아낸 자를 얻습니다.]

[오스턴 왕국의 사람들이 당신에게 감사합니다.]

[퀘스트를 성공적으로 완수했습니다. 1왕자 세력 내에서 평가가 오릅니다.]

칭호: 사디크의 화염을 막아낸 자.

사디크의 화염을 막아낸 자: 어떤 사악한 자가 불러낸 사디크의 화염을 스스로의 희생으로 막아낸 당신. 당신에게 사디크의 화염은 더 이상 통하지 않습니다.

사디크의 권능 상대로 50% 추가 저항, 화염 저항력 50% 추가, 스킬 <성수 제작> 사용 가능.

'……!'

생각해 보니 이 정도 업적을 했는데 칭호는 당연한 일이었다. 태현이 불을 질렀다는 것만 빼놓고 말이다.

<사디크의 화염을 막아낸 자> 칭호는 사디크 교단과 싸울 일이 많은 태현한테 매우 쓸모가 많은 칭호였다. 게다가 <성수 제작> 스킬은 덤!

＜성수 제작＞

믿고 있는 신의 권능이 담긴 성수를 제작합니다. 신성 스탯의 영향을 받습니다.

*현재 스킬 레벨 1.

[현재 당신이 믿고 있는 신은 아키서스입니다. 만들 경우 아키서스의 성수가 만들어집니다.]

[아키서스의 화신입니다. 추가 효과를 받습니다.]

어지럽게 뜨는 메시지창을 확인하며, 태현은 묵직한 나무 봉에 꺼져가는 사디크의 화염을 붙였다.

화르륵!

"뭐 하냐?!"

케인은 깜짝 놀라서 외쳤다. 태현이 너무 태연하게 해버렸기에 넘어갈 뻔했다.

"불붙이는데."

"그거 안 끄면 다시 번지잖아!"

"괜찮아. 끌 수 있으니까."

태현과 케인이 뭔가 떠들자, 방송을 보던 사람들은 궁금해 했다.

-뭐야? 뭔 일이야?

-이다비! 화면 좀 돌려줘! 안 보여!

이다비는 고개를 돌렸다. 태현이 사디크의 화염을 따로 붙여서 챙기는 게 보였다.

'저걸 어떻게 보여줘!'

"어…… 별거 없네요! 짜잔! 평원에 불이 다 꺼졌어요! 김태현 만세!"

-???

-뭔가 이상한데? 말이 어색해졌어.

-아니, 평원에 불이 다 꺼지긴 했나 봐. 지금 저기 내 친구 있는데 불이 사라졌대.

"그러면 여러분! 다음에 봐요! 후원, 즐겨찾기는 언제나 환영이에요!"

-잠, 잠깐만. 김태현 좀 다시 보여줘!

-야! 난 지금 들어왔는데! 김태현 보려고 들어왔다고!

상황이 이상하게 돌아가자 이다비는 급하게 방송을 껐다. 그러거나 말거나, 태현은 만족스러운 얼굴로 나무 봉 끝에서 타오르고 있는 사디크의 화염을 쳐다보았다.

활활!

"불 지르기 딱 좋겠네."

"……."

이다비는 '어디에요?'라고 묻고 싶었지만 차마 말이 나오지 않았다.

[신성 스탯이 소모됩니다.]

"윽. 빨리 가자."

화염이 더 번지지 않도록 조절할 수는 있었지만, 신성 스탯을 계속해서 써야 했다. 횃불 크기로 유지하는 건 별로 들지 않았지만 그래도 꾸준히 감소하는 건 신경이 쓰일 수밖에 없었다.

"이렇게 신전 지하 2층의 심장부로 들어왔습니다. 여기는 사디크 교단의 은신처 중에서도 매우 위험한 곳입니다. 저기 석상들 보이십니까? 저건 골렘들입니다. 여기, 여기, 여기 발판을 건드리는 순간 바로 일어납니다."

탐험가 제카스는 열정적인 목소리로 설명했다. 주변에는 아무도 없었지만, 방송을 보고 있는 사람들이 많았던 것이다.

"절대로 골렘들을 놀라게 하거나 화나게 하면 안 됩니다. 그랬다가는 바로 일어나거든요. 계속 조심하면서 골렘들을 깨우지 않게 움직여야 합니다."

제카스는 매우 집중한 상태였다. 방송의 리플이 갑자기 늘어났지만, 바닥의 함정을 보느라 제카스는 신경 쓰지 못했다.

-야. 방송 봤냐?!
-지금 함정 푸는 중이야! 나중에 말해!
-멍청아! 네 방송 리플이나 확인해 봐.

"???"

제카스는 친구의 귓속말에 함정을 풀던 걸 멈추고 리플을 확인했다.

-화염 꺼졌어요!
-제카스 님! 화염 꺼졌어요!

"네??"

-김태현이 성물 반지 갖고 가서 화염을 풀었어요!

"……."

제카스는 정말로 놀랐다. 평소라면 절대 하지 않을 실수를 저지를 정도로.

덜컥-

[사디크 신전의 골렘이 깨어납니다.]

"아차!"

제카스는 황급히 달아나기 시작했다. 골렘들이 일어나서 침입자를 쫓기 전에.

'대체 어떻게 된 일이야?!'

"김태현이 오스턴 왕국에 난 불을 껐다는데요?"

"뭐? 말도 안 돼. MBS 방송 편성표에 김태현 없었는데? 언제 방송을 한 거야?"

"아뇨, 개인 방송에 나와서 공개했네요."

"개인 방송? 하긴, 김태현 정도면 이제까지 안 시작한 게 이상할 정도긴 하지. 시작한 건가?"

"아뇨, 김태현이 개인 방송을 하는 게 아니라, 파워 워리어 길드 방송에 나와서 공개를 했다나 봐요."

"뭐? 진짜?"

배미나는 깜짝 놀라서 부하 직원을 쳐다보았다.

"왜 파워 워리어 길드랑?"

"김태현이 파워 워리어 길드하고 같이 다녔잖습니까?"

"아니, 김태현이 파워 워리어 길드랑 같이 다니는 건 알고 있었지만…… 방송에도 같이 나와줄 정도로 친한 줄은 몰랐네. 걔네하고 김태현은 급이 좀 안 맞지 않아?"

"그렇긴 하죠. 파워 워리어는 좀……."

'파워 워리어는 좀……'에서 파워 워리어 길드가 어떤 이미지인지 알 수 있었다.

배미나는 시계를 쳐다보았다. 지금 그녀는 일 때문에 나와 있었다. 바로 유명 플레이어의 섭외!

SBC의 PD이자, MBS의 배장욱과는 남매 사이로 어렸을 때부터 경쟁한 배미나였다.

'절대 오빠한테 질 수 없어.'

"잘 될까요?"

"글쎄, 만나 봐야 알겠지."

배미나는 한숨을 쉬며 대답했다.

"김태현을 뺏긴 게 컸어. MBS가 김태현으로 얼마나 우려먹는지 봤지? 3부작으로 방송하고, 그거 끝난 다음에 다시 재방송하고, 재방송 끝난 다음에는 하이라이트만 다시 편집해서 내보내고……."

"그래도 사람들이 보니까요."

"그러니까 진짜…… 플레이어 한 명이 방송을 먹여 살린다니까. 김태현은 놓쳤지만 사람들은 많아. 판타지 온라인은 언제나 이슈 거리가 나오잖아. 그런 사람들을 잡아야 해."

"오늘 만나기로 한 사람처럼요?"

"그렇지."

"나이가 좀 있으신 분 같던데……."

"뭐 어때. 실력만 있으면 그만이지. 실력은 확실하잖아? 캐릭터도 확실하고."

"좀 센스가 괴상하다고 들었습니다."

"그게 다 캐릭터야. 소문을 들어보니까 김태현하고 사이가 안 좋다는 말도 있던데. 대립하는 이미지가 나올 수도 있고, 여러모로 좋지 않을까?"

"김태현하고 싸움을 붙이시려고요?"

"붙이려고 해도 붙겠어? 애초에 랭커끼리는 붙으면 손해 볼 일 많아서 잘 안 붙잖아."

얼마 전 스미스와 이세연, 김태현이 죽어라 싸운 건 전혀 상상치도 못하는 배미나였다.

"그냥 김태현하고 대립하는 이미지만 만들어줘도 우리는 고마운 거지."

"김태현을 데리고 올 수 있으면 좋을 텐데요."

"MBS에서 놔주겠어? 내 오빠…… 아니, 배장욱 그 인간이 얼마나 철저한 인간인데."

"이번에 오스턴 왕국에서 진행되고 있는 퀘스트는 완전히 비공개로 진행됐잖습니까? 화염 끈 것도 파워 워리어 길드 개인 방송으로 공개했고. MBS하고 독점 계약을 한 건 아닌 것 같던데요. 혹시 사이가 틀어지기라도 했다면……."

"그랬을 것 같지는 않은데. 차라리 퀘스트 내용을 공개하고 싶지 않아서 그렇게 했을 가능성이 높을걸."

배미나는 정확하게 짚어냈다. 김태현 정도 되는 플레이어는 가치가 무궁무진했다. 배장욱이 그런 사람을 상대로 괜한 짓을 해서 사이가 틀어질 리가 없었다.

챠랑-

카페의 문이 열렸다. 배미나와 부하 직원의 시선이 동시에 문으로 쏠렸다. 들어온 건 근육질에 약간 험상궂은 인상의 중년 남성이었다.

바로 김태산! 들어오는 김태산을 본 배미나는 빠르게 위아래를 훑어보았다.

'계약하러 오는데 운동복? 잠깐…… 저 손목시계는 그 명품 브×게잖아? 가짜인가? 아니, 가짜가 아닌 것 같아.'

아무리 생각해도 뭔가 안 맞는 김태산의 복장! 하지만 배미나의 감은 저 시계가 진품이라고 말하고 있었다.

'그러면…… 엄청난 부자!'

그렇게 말하니 저 운동복도 뭔가 달라 보였다. 상표도 메이커도 보이지 않는 운동복.

'혹시 주문제작을…… 아니, 거기까지는 아니겠지. 내가 무슨 생각을. 운동복을 주문제작하는 사람이 어디 있겠어. 아무리 부자라도…….'

있었다. 바로 김태산이었다.

"처, 처음 뵙겠습니다. SBC에서 일하는 배미나입니다. 여기 명함……."

"그래요. 만나서 반갑습니다. 김태산입니다."

엄청난 부자에, 나이까지 많으면 보통 말을 편하게 놓거나, 좀 거만한 태도가 나와야 할 테지만, 김태산은 예의 바르게 존댓말을 썼다. 그걸 본 배미나는 살짝 감동했다.

'생각보다 진중하고 예의 바르신 분이구나.'

물론 김태산의 진짜 모습은 정반대였지만…….

'어떻게 설득을 하지?'

배미나는 망설였다. 아쉬운 게 없는 상대. 이런 상대가 가장 설득하기 까다로웠다.

'진심을 다해서 설득해보자!'

"네. 안녕하세요. 저희가 김태산 님을 부른 이유는……."

배미나는 최선을 다해서 설명했다.

〈최강지존무쌍〉 길드의 활약에 대해서 예전부터 들어서 알고 있었고, 김태산과 길드원들의 캐릭터가 어째서 좋은지.

"음…… 난 방송 같은 건 복잡해서 싫은데."

중년 이상에서 볼 수 있는, 새로운 기기를 다루기 귀찮아하는 모습! 물론 배미나가 여기서 물러날 리 없었다.

"저, 저희가 다 해드릴 수 있어요! 그냥 게임에서 녹화만 해주시면, 나머지는 저희가 다 알아서 해드리겠습니다. 확인도 하실 수 있고요."

"그러면 태현이처럼 방송에 나오고 그러는 건가?"

"네? 태현이가 누구죠?"

"내 아들놈인데 이놈도 방송에 나와서……."

"아, 그런가요? 아드님이 개인 방송을 하시나 봐요."

'김태현하고 이름이 똑같네.'

공교로운 우연이었다.

"아니, MBS 쪽인가? 거기서 방송에 나왔지."

"?!"

배미나는 깜짝 놀랐다. MBS 방송에 출연하는 김태현이면 한 명밖에 없었다.

"설, 설마 이 김태현 플레이어를 말하시는 건가요?"

"그렇지."

"?!?!?!?"

"역시 김태현 백작이야! 김태현 백작밖에 없어!"

"과찬이십니다. 1왕자님. 제가 한 가지 준비한 계획이 있는데……"

"오오, 뭔가! 김태현 백작이 준비한 거라면 뭐든지 들어주겠네!"

"2왕자를 함정에 빠뜨리는 계획입니다."

태현은 1왕자에게 계획을 설명했다.

-태현이 2왕자한테 돌아가서 1왕자 성의 약한 부분을 말한다.

-2왕자가 신이 나서 달려온다.

-짜잔! 함정이었습니다!

"어떻습니까?"

"아주 좋군!"

이제 1왕자파 안에서 태현의 말을 거스를 사람은 없었다.

사디크의 화염을 끈 것 덕분에 최대치에 도달한 공적치 포인트와 평가. 거기에다가 1왕자파 귀족들은 개인적으로 태현한테 빚진 것까지 있었다.

"김태현 백작의 계책이 옳은 것 같습니다."

"과연 김태현 백작입니다! 김태현 백작의 책략이 하늘을 뚫고 땅을 뒤덮습니다!"

"김태현 백작 만세!"

옆에서 우르르 찬성하는 귀족들!

한 명이 칭찬하자 다른 귀족들도 태현의 눈치를 보며 칭찬을 덧붙였다.

"그러면 1왕자님, 2왕자를 속이고 오겠습니다."

"부탁하네, 김태현 백작!"

"2왕자님! 카나안 성의 약점을 완벽하게 조사해 왔습니다. 그 주변을 돌아다니는 병사들도 매수를 끝냈습니다!"

1왕자만큼은 아니어도 2왕자파 내에서 태현의 위치는 굳건했다. 병사들을 바치고(1왕자파의 병사들이었지만), 사디크의 화염을 처리하고(태현이 저지른 불이었지만), 어지간한 신하들은 뺨칠 정도의 공적이었다.

"뭐라고! 그러면 지금 당장 군사를 보내도 되는 건가?"

"물론입니다! 캄캄한 밤에 몰래 기습을 한다면, 날이 밝았을 때쯤에는 카나안 성이 2왕자님의 손아귀에 떨어져 있을 겁니다!"

"크핫핫핫! 아주 좋다!"

아직 들어오지도 않았는데 2왕자는 벌써 헤벌쭉해져서 웃고 있었다.

"2왕자님. 직접 행차하셔서 그 광경을 보시는 건 어떻습니까?"

"음? 이 몸이 굳이 그런 곳까지 가야 하나?"

"물론 2왕자님께서 오지 않으셔도 상관없지만, 당황해하는 1왕자의 모습을 보고 싶지 않으십니까?"

"으으음…… 좋다! 놈의 그 낯짝을 마지막으로 보는 것도 나쁘지 않겠지!"

[왕족을 속여 넘기는 데 성공합니다.]
[화술 스킬이 오릅니다.]

지옥에 걸어 들어가는지도 모른 채 즐거워하는 2왕자!

그렇게 태현은 오스틴 왕국의 패권을 바꿀 함정을 착착 준비해가고 있었다.

"이제 이 화염만 잘 다루면 된다."

"아키서스 교단 수장인데 사디크의 화염 같은 거 막 다뤄도 되는 거 맞냐?"

"정의롭게 잘 쓰면 사디크 같은 악신의 화염도 정의로운 화염이 되는 거야."

"개소리 같은데……."

"뭐 인마? 정의의 화염에 타고 싶냐?"

"야! 그거 치워! 그거 대미지 장난 아니라고!"

빛 하나 없는 칠흑 같은 밤에, 중무장한 병사들이 조용히 움직이고 있었다.

"김태현 백작, 이 길이 맞나?"

"예. 물론입니다."

1차 관문인 성벽을 돌파할 샛길. 성벽에 난 개구멍을 이용한 샛길이었다. 1왕자파 병사들은 샛길의 출구에서 완전히 준비해 대기하고 있었지만…… 태현은 거기로 갈 생각이 없었다.

'거기로 가면 2왕자만 죽잖아?'

태현이 노리는 건 어디까지나 공멸! 1왕자와 2왕자가 깔끔하게 손을 잡고 사라져 주는 결말이었다.

"여기입니다."

"……조금 더 좋은 길은 없었나?"

"세상일이 그렇게 쉽게 돌아가지 않죠. 자, 들어 가십쇼!"

태현이 2왕자의 병사들을 데리고 온 곳은 전혀 다른 샛길이었다. 태현이 몰래 기계공학 스킬로 구멍을 뚫어놓은 샛길!

1왕자파 병사들은 전혀 예상을 못 하고 다른 곳에서 대기하고 있었다.

"콜록콜록. 길이 너무 좁은데…… 이제 어디로 가야 하지?"

"여기로 쭉 가면 1왕자가 머무르고 있는 내성입니다. 들어가서 1왕자만 잡으면……."

"남은 놈들은 전부 무너지겠군. 크핫핫핫!"

"바로 그겁니다, 2왕자님! 가십시오! 가서 오스턴 왕국의 왕관을 그 손으로 움켜쥐시는 겁니다!"

"그래! 가겠다!"

태현은 옆에서 부추기듯이 손뼉을 쳤다.

To Be Continued